星火文化

生命中不可缺少的是什麼？

三浦綾子◎著
許書寧◎譯

生命中不可缺少
的是什麼？

推薦序　答案　罕見天使／楊玉欣　007

作者序　生命還缺少什麼？　三浦綾子　013

第一章　到底缺了什麼？　017

缺了什麼？・健康並非不可缺少的・活著，得有態度・好東西全都是免費的・一夜之間，我的人生失去意義・曾經，不想再相信任何事・超越情慾的愛・天父，請寬恕我！・我還在找尋不可或缺的東西

CONTENTS
目錄

第二章　關於「活著」這件事　039

「活著」的樣子千百種・「沒問題」的人，有問題・沒被稱讚過的人・逼人進牢房的幫兇・讚美別人，別加上「只不過」・心頭豈只一把尺・我的幸福是別人的忍耐・傷別人的心，也應坐牢・真正的愛要明是非・嬰兒期就該開始的訓練・教育要趁早，該教育什麼？・良心這種東西很狡猾・上主日學，學判斷力與愛・你捐什麼東西去義賣？・博物館珍藏的襪子・不是為他人，而是與他人一起

第三章　我的小說、我這一生　083

我的欺騙人生・行屍走肉的日子・徹底的墮落・人的本質是什麼？・我是主角・只能看天花板的七年，我看見什麼？

第四章　愛與相信 097
失去溫度的人生・拚了命的純真年代・六十本日記・不如歸去！・我還不習慣活著・原罪是什麼？・磨難竟是祝福・連癌症都給了我

第五章　驢駒老師教我的事 115
人與人之間的邂逅・會點燃心火的書・準備好三條手帕再讀・「驢駒」的意思・不為前途而說謊的人・對最親近的人誠實，最難

第六章　用生命寫小說 135
家裡沒書的愛書人・閱讀帶給我的震撼・徬徨少年時・死亡逼迫我張開眼・感受他人之痛苦與寫小說很合・小說〈井戶〉・小說〈奈落之聲〉・為什麼好人要受苦？・什麼是「要愛你的敵人」？・人生比小說更離奇

CONTENTS
目錄

第七章　從失去信念到找到信念 163
覆手治療・讓孩子自己修正人生吧！・我還不是活著的專家・五點就去學校，幹啥？・老師拚命，同學嚇得要命・國家跟我個人的失敗・無法起床的生活・內在價值最重要・請妳認真過日子吧！・所謂真正的相信・檢討自己還是替別人檢討？・不與人見面，人會空虛・希望的力量・不可以罵人「沒救了」

第八章　現在，要追求些什麼？ 193
慎獨・願我變得勇敢・言論與信仰的自由・幸福的條件・永遠不放棄自己・盡我發言的義務

譯者後記　遇見三浦綾子 許書寧 215

生命中不可缺少
的是什麼？

推薦序
答案

罕見天使／楊玉欣

生命中不可缺少的是什麼？

答案沒人能給你，除非我們自己去找。

看這本書的時候，常常忍不住被感動；也時時忍不住發出笑聲。感動的是，作者自述悲慘的人生，即使準備一打手帕，都嫌不夠，然而，她卻好像什麼事都沒發生過，只讓人跟著她一起開懷大笑。我常常在這些忍不住的笑聲中，強烈感受到她的堅韌和勇邁。

我十九歲發病，成爲身心障礙者，經驗疾病不可逆的持續惡化，無法控制。面對父母在貧窮的水平線上爲生存奮鬥，更爲隱性缺陷基因降臨在三個孩子身上的虛弱衰退，掙扎戰鬥。

生命的味道，濃烈苦澀！

從此之後，我常常面對下列問題：如何讓一個家庭在資源極度匱乏、醫療無望的現實中，肯定痛苦的日子是有意義的？如何讓一個依賴他人而活的人感受到，活著有意義、活著有尊嚴，痛苦的活著依然比死去更值得……？

十多年來，我漸漸明白，含著眼淚微笑的生存法則，生命得發展出適應各種打擊變化的彈性張力，學習如何在壓縮扭曲的生命困境中跳躍、轉念……。我領悟到一個要訣，為每個黑暗的日子創造意義，生命絕對的價值才可能是真的；殘破的生命才可能不被相對的價值稀釋它的寶貴。正如作者安慰朋友的話：「只要你還有使命在，神就會讓你繼續活下去。」、「畢竟，神不會去創造可有可無的存在。」生命走向最高層次的肯定——信仰。

人若不阿Q，如何相信苦難是化妝的祝福？如何相信《聖經》寫的：「這人眼睛看不見……，是為叫天父的工作在他身上顯揚出來？」太多的弔詭奧祕，人如何理解？對沒有信仰的朋友來說，也許，可以試著看看《馬太福音》*第五章，說不定能從中發現基督信仰的基礎密碼，這也是我最常默想的《聖經》章節；本書第一章便以這段經節答覆苦難的議題：

神貧的人是有福的，因為天國是他們的。
哀慟的人是有福的，因為他們要受安慰。
溫良的人是有福的，因為他們要承受土地。
飢渴慕義的人是有福的，因為他們要得飽飫。
憐憫人的人是有福的，因為他們要受憐憫。
心裡潔淨的人是有福的，因為他們要看見天父。
締造和平的人是有福的，因為他們要稱為天父的子女。
為義而受迫害的人是有福的，因為天國是他們的。
幾時人為了我而辱罵迫害你們，捏造一切壞話毀謗你們，你們是有福的。

* 基督新教的《馬太福音》，天主教稱之爲《瑪竇福音》。

生命中不可缺少的是什麼？

你們歡喜踴躍罷！因為你們在天上的賞報是豐厚的，因為在你們以前的先知，人也曾這樣迫害過他們。

要面對生命的打擊，並不容易；鼓勵人們堅強勇敢，事實上也有一定的限度，唯有每一個生命在自我修行的人生道路上，經歷信仰的洗禮，焠鍊生命的質地，漸漸地，我們才能幸運地找到安身立命的基礎。

對我而言，在思想與體驗上不斷深化生命的絕對價值；在每一個微不足道的瑣事裡，發掘隱藏的奧祕意義；將每一份憂傷和喜悅，化為祝福；在每一個奉獻與犧牲的機會中，愛鄰人、愛最弱小的弟兄。近年來，我這樣祈禱：為承行天父旨意而活，為生命的每一個高峰低谷獻上完全的感恩，包括死亡的那一刻。

生命中不可缺少的到底是什麼？

希望每一個人都能找到屬於自己的答案，以這個答案服務世界，成為世界裡的鹽和光。我想，這是本書的核心價值，與大家共勉。

本文作者：楊玉欣，天主教的基督徒，曾任電視台主播、立法委員，在立法院推動「病人自主權利法」等關懷弱勢法案。十九歲被診斷出罹患罕見疾病「三好氏遠端肌肉病變」，目前醫界仍無有效的治療方法。著有《罕見天使》、《看見天堂》、《真愛快遞》等書。

生命中不可缺少的是什麼？

作者序
生命還缺少什麼？

開始寫作的五年後，某家出版社問我可不可以將演講稿集結成書。於是，我請他們將直到那天為止的幾場演講錄音帶謄寫下來。但是在讀過自己變成文字的演講稿後，我感到相當失望，心想原來自己講得這樣差勁。除此以外，更讓我失望的是，有些講話時的細微表現，在轉換成文字之後消失無蹤。

我左思右想了許久。演講本來就是用耳朵聽、而非用眼睛讀的。雖說演講不能只看著原稿照念，有些演講者的講詞被謄寫成文字後，仍然能夠成爲一篇優秀的文章，只不過我實在沒辦法達到那樣的境界。雖然在那之後也有幾家出版社幾度請求，想將演講稿集結成書，卻每次都不了了之。

巧的是，去年（一九九六年）夏天，光文社文庫的總編輯濱井武先生與編輯部的同事大久保雄策先生來訪，在洽談接下來的出版計畫時，忽然提起了演講稿集的事情。他們說如果我尚未出版那樣的作品，希望我好好考慮出版的可能性。我因爲前例的關係，心中雖想著這次想必也辦不成吧，卻還是答應了要寄錄音帶給他們。

等我仔細找了以後，才發現當時手邊竟然只有八卷從主辦單位送來的錄音帶。從前，只要我有演講，總會要求對方幫我錄音存檔，但不知從什麼時候開始，自己不再那樣要求了。沒想到那八卷錄音帶竟然能夠成了這本書，除了「喜出望外」一詞，簡直無法形容我的心情。

當然錄音帶本身有長有短，題材也各式各樣。在刪掉某些重複的地方後，整篇文章變得零零碎碎，內容與一些已經發表的散文作品也有不少重複的地方。除此之外，還有很多不順的地方，因此我補充了一些能夠傳達細微表現的部分。那些小事我們先略過不談，總之，多年來數十場演講的內容大概全濃縮在這兒了。這本書忠實呈現了所有我想講的話，對我而言更是個相當好的紀念。

演講者本身技巧拙劣這點，雖然已經無藥可救，但如果這本書還足以成爲讀者思考人生時的一點小啓示，那便已是我無上的幸福了。

三浦綾子
一九九七年五月

編者按，本書《生命中不可缺少的是什麼？》日文版於一九九九年十一月初版一刷，同年十月十二日，作者逝世。

他們走路的時候，耶穌進了一個村莊。有一個名叫馬大的女人，把耶穌接到家中。她有一個妹妹，名叫馬利亞，坐在主的腳前聽祂講話。馬大為伺候耶穌，忙碌不已，便上前來說：「主！我的妹妹丟下我一個人伺候，你不介意嗎？請叫她來幫助我吧！」主回答她說：「馬大，馬大！妳為了許多事操心忙碌，其實需要的惟有一件。馬利亞選擇了更好的一份，是不能從她奪去的。」*

（《路加福音》十章三十八至四十二節）

* 馬大、馬利亞是基督新教的譯名，天主教分別稱之爲瑪爾大、瑪利亞。

第一章 到底缺了什麼？

生命中不可缺少
的是什麼？

缺了什麼？

我經常講或寫些關於河合隼雄（心理學家，日本榮格心理學第一人）先生的事情。在河合先生的作品中，有很多叫我「啊！」地大吃一驚的東西。家庭暴力問題於數年前一度成了大話題，不，就連現在也依然還是個尚未解決的問題。曾經有個對家人施暴的中學生，當他的父母問他：「你會這樣胡亂施暴，究竟是因爲缺了什麼呢？凡是你想要的東西，我們不是全買給你了嗎？」猜猜那位中學生是怎麼回答的？「但是，我們家並沒有信仰呀！」他這麼說。

這句話深深地刺痛了我的心。在聽到「但是，我們家並沒有信仰呀！」這句尖銳話語時，不知爲人父母的究竟如何回答？如果是各位，又會作出什麼樣的答覆呢？說不定會出現類似這樣的答案：「可是我們家不是有佛壇嗎？」、「有神桌不是嗎？」然而這種答案並不能算是眞正的回答。在佛壇前雙手合十的舉動，稱不上是有信仰。老實說，即使天天在佛壇前雙手合十，但祈禱的內容才是眞正的問題所在。同樣地，就算在神桌前擊掌祈求，問題依舊出在祈禱本身。

由外觀上看來，祈禱姿態相當美麗，孩子們的祈禱更爲可愛。我在《朝日新聞》的隨筆專欄上也寫過，有對老爺爺和老奶奶帶著孫子到神社參拜，那五歲左右的小孫子模仿他們，也合上可愛的雙手專心禱告。可是問他「到底祈禱什麼事情呢？」得到的回答竟是「希望阿公、阿媽早點死！」很多事情光從外表實在無法得知事實。

回頭看看我們每天的祈禱內容，不外是「請讓我的病好起來」、「請讓那孩子順利考上」、「希望早點找到工作」，甚至是「如果可以的話，請讓我家老頭趁早離家出走吧」這樣的內容。像這樣的祈禱內容雖然有問題，祈禱的對象更是個大問題。然而在這些問題之前，如果光憑著家中擺有佛壇或神桌，就以爲是有信仰的話，那麼，當那位對家人施暴的中學生對父母提出質疑時，他們所能回覆的，必定也只是風馬牛不相關的答案吧！

那對父母的想法是：「只要有錢、只要有物質上的享受，人就應該滿足，不應該有任何怨尤才對」。這樣的想法赤裸裸地呈現了現今這個時代的眞實面貌。像「經濟第一」、「經濟優先」之類的口號，簡直就像扔出飼料後，命令別人對那飼料感到滿足一般。若以爲拋給金錢會助長人性的豐饒，那可就錯得太離譜了。我們雖然常強調「人性的尊嚴」，但若眞要掌握對自己最爲重要的事物，卻是件難上加難的事情。

會不會人類原本就被造成無法以物質或金錢換得幸福呢？那位對家人施暴的中學生，他的父親誤解了這個觀念，因此拚了老命賺錢，來滿足孩子所有的物質需求，最後卻造成了家庭暴力這樣的結果。而在神社裡禱告的小男孩，他的父母對待同居爺爺奶奶的態度、眼神、言語……等，男孩想必盡收眼底。因此雖然高興自己備受寵愛，卻不希望只有自己一個人受到疼愛。他眞希望父母親能夠對爺爺奶奶好一點，就算只有對自己疼愛的數分之一也沒關係；另外，當自己的朋友來家裡玩的時候，如果父母親也能對他們親切點該有多好。眞正叫那男孩感到飢渴的，不就是那樣的東西嗎？然而，我們卻往往無法注意到如此的渴望。

健康並非不可缺少的

《聖經》究竟如何看待幸福這件事呢？當各位聽到「幸福」一詞時，首先浮現在腦海中的幸福條件爲何呢？會不會是「如果能變漂亮就太幸福了」呢？而我自己就曾經想過「健康才是幸福」；另外也有像「有錢」……等種種條件。

但是《聖經》上並沒提到「美貌」是幸福的條件，同樣地，「有錢」與「健康」也未被提及。

在《馬太福音》第五章，有著以下的句子：

「神貧的人是有福的，因為天國是他們的」、「哀慟的人是有福的」、「溫良的人是有福的」、「飢渴慕義的人是有福的」、「憐憫人的人是有福的」、「心裡潔淨的人是有福的」、「締造和平的人是有福的」、「為義而受迫害的人是有福的」。

這樣讀下來就會發現，裡面並沒有提到「健康」。有位星野富弘先生，曾經是體操教練，那時還不是個基督徒。成爲中學體操教練後才兩個月，星野先生有一回在眾人面前表演示範時，不小心折斷了頸骨，頸部以下的神經全數麻痺，從此完全無法動彈。

突如其來地，一個二十多歲的年輕老師，更何況是活動力旺盛、體育系畢業的體操教練，頸部以下的身體就這樣整個癱瘓。這可是個驚人的大災難，一不小心還可能因呼吸困難致死，就連現在，那樣的危險性也依然存在。陷入如此生活後的他曾經詛咒、悲傷，也曾惡形惡狀地對待父母；不過他最後這樣說：「我信了神」。

在那之後，他開始在方形色紙上寫許多《聖經》金句，並畫插圖。當他將作品展出時，短短三天內竟然賣了一千萬日幣之多。星野富弘先生給了那麼多人安慰的力量，誰能想像在他因爲頸部以下麻痺，而自以爲前途一片黑暗時，曾經想過要自殺！當時星野先生的身體狀況，與現在相較，並沒有什麼兩樣。

活著，得有態度

我也曾收過他寄來的色紙，上面寫了《聖經》裡的金句。那些字畫可是作者用嘴巴啣著畫筆，不知花了多少時間才描繪出來的。儘管如此，色紙上寫的句子卻是「遭遇苦難對我而言是件好事」。我覺得人生在世，能夠說出這句話眞是太了不起了，更何況星野先生現在還身陷苦難之中。在那樣的境遇下，竟然可以說出這樣的話，這不就是人應有的生存態度？

「遭遇苦難對我而言是件好事」，這句話實在令我們不得不深深反省：身爲人應有的生存方式，以及身爲人的生命意義何在。

另外，他還對我說：「三浦女士，別人總會對我們說些像『您遭逢苦難，眞是太辛苦了』之類的話，好像不管怎樣，大家總是先入爲主地將苦難與不幸劃上等號。我們難道不應該將它們一刀兩斷、切個乾淨，視苦難、幸或不幸爲毫不相干的兩回事才對嗎？」就這個話題，我們兩人互相交換討論了好多理念。

好東西全都是免費的

對爲數眾多遭遇不幸的人，黑柳徹子女士（《窗邊的小荳荳》作者）曾毫不吝惜地給了相當多的援助。這位黑柳女士的母親名叫朝。對於她的暱稱「小朝」，我想大家應該都不陌生吧！小朝曾經說過一句話：「好東西全是免費的」。仔細想想，不管是天父的愛或是人類的愛，甚至從陽光一直到風，好東西豈不都是免費的嗎？並不會發生因爲所得不高就曬不到太陽、也吹不到風之類的事情。的確，有錢人可以選擇住在陽光較充足的地方，但就算擁有再完美的房子，依然可能發生因爲家庭失和而離家出走的案例。①

雨也是一樣，不會只下在有錢人的屋頂上。的確如此，在人類的生命中讓人覺得「眞好！眞棒！」的東西、我們睜眼所見的一切「好東西」，果眞全部免費。

在意識到有如此「好東西」時，應該也會因此發覺「啊！有某種除了人類之外的存在吧」。說出「我們家沒有信仰」的那個少年眞正想表達的，應該是家中

1. 編按：黑柳朝是已故的知名隨筆作家，其自傳《小朝要來了》於一九八七年被NHK電視台改編成連續劇《小朝》，平均收視率高達38%。

沒有祈禱這件事。然而，祈禱內容會隨著祈禱對象而改變，在專管交通安全的神明面前，或許就只求交通安全。我是基督徒，因此祈禱的對象是主基督，祈求的內容則包括所有的事情。

曾經有人深切地教導過我，關於祈禱本質的禱告方式。我們家附近有一所恩典教會，由岸本紘老師在那裡擔任牧師，他住的地方就是我寫《冰點》的時候住過的房子。在岸本老師之前，住了來自澳洲的傳教士赫曼一家人。有一次我得了感冒，在家休息了一個禮拜才康復，能夠再度出門。當我經過那棟房子前時，五、六歲的小約拿森正在那裡玩雪。一看到我，他整張臉頓時亮了起來，一邊喊著：「三浦阿姨正在外面走路呢！」一邊飛快地跑進家裡。我覺得很奇怪，心想：「怎麼了？我不是一向在外面走路嗎？」後來才知道，原來他聽說我得了感冒；雖然只是個小小的感冒，卻叫他們全家每天早晚為我祈禱：「三浦阿姨感冒了，請早點治好她。」我平常身體就不好，他們一定是擔心感冒會導致我的病情加重吧！小約拿森想必也為我合上他那雙小手努力祈禱。因此他才會在早上祈禱後，忽然見到三浦阿姨在外頭走動，而心想「眞高興！我的祈禱被聽見了。」小約拿森心中一定以爲「阿姨的病好了」。

在人類應該抱持的種種態度中，我覺得那眞是一件相當美好的東西。當我們在背地裡談論別人時，雖然也會有出自眞心的讚美；但是，如果聽到有人正在受苦，便會在那人看不見的地方，不分日夜偷偷地爲他祈禱；如果聽見那人即將臨終，更會認眞起來，以血肉至親的心情爲他祈禱。那樣的態度不會是：「我已經去探望過他了，這樣應該就夠了吧」，而是：「如果他過世了怎麼辦？那些被他遺留在人世間的人，又會怎麼樣？」如果能夠有共同爲我們祈禱的鄰人在身邊，生活不知道會變得多麼美好！

另外，如果眞能做出那樣的祈禱，每日的生活不就相當美妙嗎？在我們人的一生中，最重要的應該是心、應該是靈魂。如果那裡弄髒了，就算臉上畫著多麼精緻美麗的妝都沒用。雖說人弄髒的不只是心、甚至是全身，但是我總不能忘懷，當自己因肺結核與脊椎慢性骨炎臥病在床時，來探病的三浦爲我所做的祈禱。那時我睡在從頭至腰完全被卡住的石膏床上，身邊還放著尿桶，他來看我，總是這樣祈禱：「請讓她快點好起來吧！」然而有一回，他的祈禱詞竟是：「就算要拿我的性命交換也沒有關係，請讓她好起來吧！」，叫我大受感動。再也沒有任何人能做出那樣的祈禱了。

「希望她早日康復」是有的，但是「就算捨棄自己的命……」並不多見。因爲如果天父果眞聽了這樣的祈禱，並覺得「喔！這樣呀！原來如此」的話，可就不得了啦！像那樣的禱詞並不是隨隨便便就能說出口的。就算有心想「把自己的生命換給對方」，「祈禱」和「光是想想」可是完全不同的兩回事。一旦在神面前將祈禱說出口，叫全能的天父聽見了，說不定因此產生無法預期的後果呢！所以，「就算現在馬上要我的命也沒關係」這種話，是不能夠輕易說出的。那位三浦說出他人無法輕易說出的禱詞，耐心地等待臥病在床的我，並在五年後娶了我爲妻。那已經是在我躺了十三年病床後的事情了。

星野富弘先生的婚姻更是了不起。他現在依然沒辦法自由行動，自頸部以下完全無法動彈，大家應該可以想像那是怎樣的一段婚姻吧！現在雖是婚後的第九年，但星野夫人卻不知道已經等待多久了。只要看一眼，你就可以知道星野夫人是位多麼了不起的人了。試著想想：丈夫的性命可能隨時不保，不管做什麼事都得自己一一插手幫忙，光要下定決心成爲他的妻子，就已經不容易了。實際上，就算深愛的丈夫躺在病床上一個月，有些太太可能就會嘮叨、埋怨、無法忍受了。然而，過了九年那樣的生活，星野太太的臉上卻依然閃耀著光輝，那並不是一張會嘮叨埋怨的臉。當然，說不定她也有過想要抱怨的時候，但是基本上兩個人是相當幸福的。話說回來，咱們夫婦倆也很幸福呢！

一夜之間，我的人生失去意義

仔細想想，從前的我並不是那種會乖乖聽從基督教導的人。教了七年書後，日本戰敗，那時，我所疼愛的孩子們所用的教科書，被美國的「進駐軍」下令……，說是「進駐軍」，也不過是讓「佔領軍」一詞聽起來較順耳罷了；會用這個詞，純粹只是爲了顧及國民的顏面。總之，佔領軍下令將教科書中「不許教」的部分全用墨水塗掉。孩子們於是乖乖地磨好了墨，遵循著指示塗抹課本。我當時可是拚了老命在教書，只要是爲了學生好，就算要我死也願意。二十三、四歲的我眞的很單純，也是用那樣純粹的態度努力教導學生。我總要孩子們珍惜自己的教科書，也就因爲那樣，被迫下令用墨水塗抹書本這件事，眞叫我感到無可言喻的悲哀。

我們一向以爲那場戰爭是正確的，因此實在無法理解，爲什麼非得接受這般待遇不可。被迫懷有那樣悲慘心境的教師，恐怕不只是從前的日本，連今後也不會再出現了吧?!正因如此，我變得心神空虛渙散，凡事看來都可有可無，連教導學生的氣力也沒了。隔年辭去了教職，想著乾脆結婚算了。婚姻這種東西，是不可以抱著「乾脆結婚算了」的心態隨便做做，應該懷著認眞要與對方共度一生的謙遜態度才是，但我卻抱著那種隨便的心態。

就在那個時候，擔任滑翔機主任教官的廣澤先生，與剛從海軍退伍的西中一郎先生同時向我求婚。我雖然生來倔強，卻又膽小，所以兩邊都接受了。那樣做眞的很不負責任，他們兩人可都是非常認眞的好人呢！其中一位已經過世，而另一位與我始終保持著朋友關係。三浦眞是個寬宏大量的人呀！

先到我家下聘的是西中一郎先生。我當時想著：誰先來送聘禮，就嫁給誰好了。戰爭將我整個人淘空，以致成了那副隨隨便便的樣子。於是我向學校提了辭呈，然而卻在聘禮送上門的那天卻因貧血昏倒，從此開啓了與肺病纏鬥的日子。

曾經，不想再相信任何事

進入肺病生活後不久，我與從小住在隔壁的老鄰居前川正先生重逢，在他的引導下開始讀《聖經》。本來已經下定決心不再相信任何事了，只因爲被他邀請著一起讀經，而我在這件事上沒有辦法拒絕。一旦答應了，也就只好乖乖遵守每天讀經的約定。

前川先生眞是一位了不起的基督徒，雖然自己也患了肺結核，卻總是專程繞路到我的病床窗下，在那裡偷偷地爲我祈禱。雖說他的祈禱多是在非公開的場合，而他所求的卻是：「請帶領小綾眞正地相信主吧！」儘管如此，我卻依舊態度隨便且不正經，說出「隨便什麼都好啦！」的話來。當他感受到我那「算了吧！別再那樣爲我祈禱了！我一點也不在乎！」的心態時，忽然拿起小石頭來猛擊自己的腳，著實嚇了我一大跳。就算流血，前川先生仍然毫不在意地繼續敲打，那樣的行徑眞叫我大吃一驚。

然後他說：「小綾根本就不認眞地活下去。那樣是不行的，會眞的死掉！」他說這話，是因爲我曾經到鄂霍次克海跳海自殺。「妳會再一次死掉的！」他叫喊著：「明明眞心想救小綾卻辦不到，實在叫我慚愧！」就是因爲那樣，他才會用石頭擊打自己以做懲罰。

超越情慾的愛

那是我第一次見到超乎男女之愛的人與人之間的愛。受到前川先生的鼓舞，我後來也信了基督。後來，在前川先生的介紹下進了札幌醫科大學醫院，那位曾經到家裡下聘的西中一郎先生前來探望我，那時我們已經解除婚約好幾年了。我悔婚後，他雖已另有家室，卻在聽到我住院的消息後，天天到醫院來探望，眞是個親切的人，人家明明有太太了呢！

然而，有一次我聽見了同病房的人說出以下的事情：「我老公眞的很讓人傷腦筋！」她說：「每天都和同部門的女孩子出去喝咖啡。」我回說：「只是去喝杯咖啡嘛！有什麼關係呢？」她便說：「一個女孩子天天和有婦之夫一起喝咖啡，以後還不知道會演變出什麼結果呢！」

我原本就是個容易吃醋的人，被這樣一說，也脫口而出：「是呀！妳說得還眞有道理！」然後越聽越不高興，甚至比當事人還生氣：「眞是豈有此理！」我一邊怒氣沖沖地說著「荒唐！荒唐！」，一邊覺得那位做先生的一定得改。也就在那個時候，自己忽然意識到一件事——剛結婚不久的西中一郎先生不也天天來探望我這個從前的未婚妻？但是我卻一點兒也不覺得他「豈有此理」，反而自認「我們本來就沒做什麼壞事」。然而，室友受苦的樣子忽然將我一棒打醒：如果西中太太知道丈夫天天來探病，想必心中同樣不好受。而情況差不多之下，我不認為自己做錯了什麼事，卻反倒覺得喝咖啡的女孩行爲不正當。

天父，請寬恕我！

讀《聖經》的時候，有一段基督被釘十字架的敘述。我是在成爲基督徒後，才知道基督被釘十字架的原因。而那個時候的我已經是個基督徒了，以爲自己對於「罪」也有所瞭解。其實，眞正該被釘十字架的是我們這些罪人，神卻可憐我們，才願意讓自己的獨生子耶穌基督代替我們上了十字架。就這樣，將我們從終其一生所犯的罪、與生俱來的原罪……等所有罪惡中完整地拯救出來。

對於那被賜予的救贖，我們本該心懷感激，然而我卻覺得西中先生來探病「哪有什麼不對？」

重新讀經後，被釘在十字架上的耶穌所說的那番話，彷彿電擊般地刺進了我的雙耳。「父啊，寬赦他們吧！」為了那些將自己釘死在十字架上的人們，耶穌這樣祈求著：「父啊，寬赦他們吧！因為他們不知道他們做的是什麼。」他們不知道他們做的是什麼……。的確，我也不知道自己做的是什麼。西中一郎先生每天前來看望我，病中有人探望是難能可貴的，所以我才讓他天天來，也不覺得自己做錯了什麼事。人類這種生物是多麼地以自我為中心呀！我曾聽過，自我中心也算是一種罪。

對於自己所犯的罪，我們所能意識到的其實只有一公分左右吧，說不定連一公分都感受不到呢！因此，當我們被別人責難說：「是你不好，怎麼做出這種事呢！」的時候，便會反駁：「什麼？怎麼說起我來？你也不設身處地為我想想。」就算自己曾經意識到一公分左右的罪惡感，一旦遭人責難，就會馬上覺得自己連一公釐的過錯也沒犯了。

然而，如果換成別人犯了同樣的過錯，那罪惡深重的程度馬上就會增長至一公尺、五公尺，甚至一公里之大了。別人犯的罪總是長達數公尺，自己犯的罪卻僅是一小公釐。這就是我們對罪惡的看法。

就像這樣，我們習慣拿大尺去衡量他人的罪，對自己用的卻是小尺。然後，覺得自己所做的好事相當偉大，別人做的好事卻是「有啥了不起？反正那人有的是錢」，或是「反正他閒得很」……等評論。倘若我們總以不同的尺度互相衡量，到最後就算自稱是好人，恐怕也會被想成言過其實。在這世界上，將太太的不是說成滔天大罪，對於自己犯的錯卻僅以同樣的藉口推諉，並自稱沒有什麼問題的丈夫，眞的是要多少有多少。

我還在找尋不可或缺的東西

身爲三浦太太的我雖然相當幸福，萬一三浦過世後，自己便不再具有妻子身分；即使如此，我還是要以人的身分繼續活下去。再過不久，說不定我會漸漸癡呆，連小說都寫不成。以小說家身分所度的日子、所過的生活總有一天會結束。不過就算那樣，只要我依然追求眞正的生命眞諦，我也會繼續找尋對我而言不可或缺的東西。

對我而言，就算不做出結論大家想必也猜得到，那就是相信耶穌基督和創造天地萬物的天父。諸位接下來要走的人生路上，說不定有什麼樣的事情等在面前。就算現在事事順遂，也難保一生平安無事。我們並不知道等在前方的是什麼，爲了眞正能夠在人生盡頭說出「啊，活過眞好」，我們應該好好思量自己究竟要相信什麼。信仰是自由的，然而我只想告訴大家，對我而言，問題的答案就是耶穌基督。

耶穌基督曾經說過：「其實需要的惟有一件」。爲了各位與各位的家人、以及你們所認識的人們今後的幸福，讓我們不要忘記並繼續祈禱下去。

祝大家幸福快樂。

生命中不可缺少
的是什麼？

第二章 關於「活著」這件事

生命中不可缺少
的是什麼？

「活著」的樣子千百種

剛從女校畢業時，我曾經到國文老師家，並請教老師：「人生究竟是什麼東西？」老師是個有孩子的人，師母的行動不是很方便。然而，爲人相當謙遜的他回答說：「我雖然年過三十又有小孩，對於人生還不是很瞭解。」這是含意極深的一句話。今天，雖然在這裡向各位講述「關於『活著』這件事」，並不表示我對人生有著明確的答案。口頭上或許還能說說，但若要論起每日的生活，要說自己眞正「活著」卻是相當困難的。

關於「活著」這件事，眞是有多少人就有多少種方式，就算只看活著的樣子，也是天差地別。每天有相當多的信件投入我家信箱，除此之外，也常有離家出走的人到家裡來拜訪。

說來不可思議，和關東人比起來，會離家出走的還是關西人佔絕大多數。我常想，那會不會是生命力的差異所造成的影響。關西人就算有煩惱，也不肯就此悶在家裡，心中反倒會想：「眞煩惱……好吧，去三浦綾子那兒聽聽她怎麼說吧！」有些人甚至到了走投無路想自殺的地步，只不過覺得在臨死前還是來見一見我比較好。因此，關西人來得還眞不少。

另外，還有一個相當奇妙的現象：並不是因爲我說出了什麼偉大的回答，反而是因爲不管是誰，在臨死前都願意認眞聽別人說話；所以那些到家裡來的人回去後，竟然一個個都重新站起來了。曾經有個來自四國的年輕人，在家裡不管和誰都不肯開口說話。他眞的是個沉默寡言的人，連親姊姊上大學了都不知道。至於我則是個連五分鐘都靜不下來的人，簡直無法想像不和家人說話是個怎麼樣的情形。那個年輕人來到旭川，當我問他：「今晚住哪裡？」他回答：「要搭夜車到稚內去」，我接著問：「是有事要去那裡嗎？」他則回答：「沒有什麼事，只是如果住旅館一定會被問起名字來。我討厭回答那樣的問題，所以就搭夜車到稚內，也不出站就直接回旭川來。」也就是把火車當旅館過夜吧！

在這個世界上，有很多像那樣超乎我們所能想像的人生。那個年輕人常常來我家拜訪，總是沒說一聲地突然出現，有時甚至住上一晚……。說起到我家借住的人，曾經有住上一星期的女性，甚至也有人住上一整個冬天。那位在我家過冬的女性雖然在各種雜事上幫了許多忙，但請大家千萬別學她呀！我們家畢竟不是旅館呢！

後來，那個來自四國的年輕人成了基督徒，整個人因此變得截然不同，也會說出「這樣呀！原來不和父母親講話是件相當不好的事」這樣的話來。可見他從前並不明白自己所做的事情不對。他從前就連吃飯，也討厭和別人共桌，甚至與父母同桌也不樂意。總之，上了國中以後，除了工作上所需，他整整十年沒和父母親說過一句話。這樣看來，做父母的眞是太偉大了，竟然還無怨無悔地繼續供應他吃穿呢！

另外，類似下面例子的人也出乎意料的多。有一個人因爲討厭爸爸而離家出走，輾轉來到旭川定居。剛開始我對這個人什麼都不清楚，便胡亂說出這樣的話來：「不可以說討厭爸爸。就算妳有再寶貴的東西，也沒有什麼比得上生命貴重的吧！」、「賜給妳如此寶貴生命的不就是爸爸媽媽嗎？所以就算嘴巴裂開了，也不應該說父母親的壞話才是。」她聽了以後，目不轉睛地注視了我許久，臉上的表情擺明了：「這個人雖然是個寫小說的，其實什麼也不懂。」

等我仔細問過後，她才說出「其實我曾經被爸爸侵犯過」。令人吃驚的是，很多人有著和她類似的遭遇。世上其實有很多人過著一般人無法想像的人生，就如同每個人的外貌長得並不一樣，每個人的人生也不盡相同。

「沒問題」的人，有問題

抱著問題的人雖然人生會因此停頓，但世界上也有許多完全感受不到問題的人。對他們而言，自己身上是沒有任何問題存在的。夫婦感情好、子女有成、收入穩定、身體又健康……說起來「完全沒問題」。

但是我認爲那並不表示問題不存在，而是缺少足以找出問題的眼光。我們既然生爲人，只要活著一日，每天以人的身分生活，就不可能感覺不到任何問題才是。

不管哪裡的教堂都有十字架。十字架原是從前用來處死的刑具，簡而言之，就是斬首台之類的東西。那樣的東西是很不吉利的。人類生來迷信，因此十字架應該算是不祥之物，但基督教卻這樣高懸著本是不祥之物的十字架。而耶穌基督又是為了什麼原因，背負起那樣的十字架呢？是我們每一個人內心的重罪，他擔的其實就是那些罪。我們每天總是罪上加罪。偷人東西、說人壞話等行為雖然也可以算是罪，但基本上，我們光只是活著，就已經帶著相當沉重的罪端了。關於這個說法，我等一下會再解釋。不過我曾聽說，十字架其實意味著神對人的絕望。我們本該被釘在如此的十字架上，人子耶穌卻為我們背上了。就這樣，一個無罪的人為了我們被釘上了十字架。

在那裡同時存在了神對人的絕望與神的大愛。只要十字架在，就表示神在指責我們「你不好，他也不好」。然而，同時傾訴著「你也是、他也是，只要透過基督，就不再是不好的」，不也就是那樣的十字架嗎？

沒被稱讚過的人

那麼，人類究竟又是如何不好呢？

我常常舉一個關於島秋人先生的例子，說不定有人已經聽過了。這位先生現在已不在人世，他生前是個死刑犯。由於三浦擔任短歌的評選員，他爲求批評指教，曾寄來自己的短歌作品集。島秋人這個名字是筆名，算來他應該是三十歲時過世的。他自小學、中學時期就出去打工，二十七、八歲時的某一天，因爲工作不順，口袋又空空，肚子餓了，便偷偷闖進民宅，並擅自打開冰箱找東西吃。不巧被那家的主婦發現了，兩人正在爭吵時，他順手拿起旁邊的水果刀殺死了被害者。

闖空門這類犯罪有很多種不同形式，殺人罪縱然叫人難以饒恕，但因爲肚子餓而擅自開冰箱，想找點東西果腹的小偷，卻極爲可悲。當然，被殺的主婦更是可憐，這個事實就不用再提了。當島秋人的死刑確定後，他開始回想自己經歷過的一生。從很小很小的時候起，似乎沒有發生過什麼好事。他不曾被讚美，從小到大一次也沒有。不管從出生到進了小學，或是從小學、中學畢業後直到就業。

怎麼可能連一次也沒有被稱讚過呢？於是他重新仔細地回想了一遍自己的人生。

總算，島秋人憶起國中時候曾被老師這樣稱讚過：「你的圖雖然畫得不是很好，但構圖卻是全班最棒的！」當那被稱讚的瞬間回到島先生的記憶中時，他的心整個亮了起來。對於一個即將面臨死亡的人而言，倘若回顧一生卻找不到任何被稱讚過的記憶，將會是多麼落寞的一件事呀！回想起來後，他寫了封信給當年的那位老師。在收到回信後兩人開始魚雁往返，後來經由老師的介紹認識了一位寫短歌的詩人，於是漸漸地也學會了創作短歌。

「世のためとなりて死にたし死刑囚の目はもらい手もなきかも知れず。」

（願為此世卒，謹獻吾雙目，卻不知死刑囚之眼，焉有青睞者乎？）

（白話譯文）

為了這個世界，這個連一句話也不肯稱讚自己的世界，我願意至少在死前獻上雙眼；然而，終究又有誰會願意接受這樣的眼睛呢？

這是多麼悲傷的一首詩呀！島先生在創作了許多優秀的短歌後就離世了。

我一直在想，究竟爲什麼這位先生得不到學校老師的褒獎，也得不到父親或母親、甚至隔壁鄰居的稱讚？問題一定不僅僅出在島先生一個人身上。從這裡我發現了一個事實：倘若周圍的人能夠各說出一句讚美的話來，只要他們願意說點「眞可愛」或「眞是個好孩子」之類的話，說不定島先生的人生就會因此而被改寫了。

逼人進牢房的幫兇

我曾在小學擔任了七年的教師，在那期間都有寫日記的習慣。關於那些日記的內容，稍後會提到。總之，如果有六十個學生，我就寫了六十本日記，爲的是給他們一個一個做記錄。

對於自己所負責的學生，我努力做到每天可以和他們說說話。因此，總以爲自己已經算是帶著愛去接觸孩子們了。然而後來仔細想想，卻發現自己並沒有稱讚他們。講話與稱讚是截然不同的兩回事。如果有人要上洗手間，我會說：「去吧，別在走廊上跑步喔！」放學的時候則說：「要小心，別受傷了！」那時候我總會說些叫他們路上小心、別被馬車或汽車撞上之類的話；但是對於那些努力做好事情的孩子，自己卻似乎沒有給予過任何讚美。

就算我是島先生四周的人，可能也不會稱讚他吧?!這樣說來，自己應該也算是將島先生逼進牢房的其中一人。叫人意外的是，我們人真的不太會稱讚別人。不僅不會稱讚，就連聽到別人受讚美，也會不高興。由於我生來就稱不上是個美人，其他女性在我眼裡便個個美如天仙。我常提到，當自己像現在這樣坐在台上時，大家首先看到的應該就是我的外貌吧，說不定還會想著：「唉呀！好平凡的一張臉！」、「早知道是那樣的一張臉，只讀小說不看其人，說不定還更好呢！」大體上說來，我的人中比起一般人有整整兩倍長。大部分的人只要往鼻下橫放上一指就滿了，我的人中卻足足可以放上兩指寬。這是天父特別賜給我的禮物，應該算是特別訂做的吧！

讚美別人，別加上「只不過」

因此，無論看到誰，我總會忍不住說：「那個人長得眞好看！」當哥哥決定了相親對象時，由於我認識那位小姐，他便問：「她是怎麼樣的一個人？」我回答：「是個很漂亮的人呢！膚色又白，長得極好。」後來，當哥哥相親完回家後，竟然說：「綾子呀！那傢伙長得簡直就像隻青蛙！」我實在不明白，爲什麼哥哥把人家看成青蛙，因爲在我眼裡，她可是個相當美麗的小姐呢！此外，當我對朋友說「那個某某某長得眞好看！」時，對方的反應總是「咦？是嗎？」大部分人的回答不是「長得漂亮是沒錯，只可惜矮了一點」，就是「是呀，她長得是不錯，就是性格差了一點」。在聽到對他人的讚美時，能夠心有同感地說出「是呀！一點兒也沒錯」的人實在不多。在見到別人受稱讚的同時，彷彿自己因此矮了一截似地容易發脾氣呢！

假設我手中的這個杯子是個相當有紀念價值的貴重物品，我想必會視之如珍寶，說不定連水也捨不得裝，只擺在架上觀賞。由於我相當珍惜這個杯子，一旦被人打破一定會暴跳如雷。對我而言，這是相當具有紀念性的東西，是獨一無二的珍寶，我當然會生氣。或許是孩子不小心，或是被其他人打破了，不管怎樣，我必定會氣得不得了，要是把那瞬間的自己拍下來，一定是張相當可恥的臉吧！之後必會將祖宗八代的過去全扯出來：「看吧！我早就知道了！三年前你就說過什麼，五年前你不也幹過什麼的……所以你今天才會打破我的杯子！」一直講到對方厭煩為止。在看到對方磨磨蹭蹭地想離開時，就更火上添油地怒氣衝天：「我還沒講完！你給我坐好！」然而，倘若換成是自己打破了那珍貴的杯子，究竟還會不會氣成那樣呢？大體上說來應該不至於。做出來的事是一樣的，所犯的罪刑應該也相同。就像刑法所立下的規定，假設打破了這個杯子得關上一個月，那麼不管是誰做的，都得一視同仁才對。

不管是別人打破或是自己打破，只要犯下了就得接受一個月的刑罰，這才稱得上是公平。我們總是容易將自己視為每日行善的大好人；覺得自己罪惡滔天的人，大概不多吧！

心頭豈只一把尺

然而，我在前面也提過，我們內心的標準其實是相當不公正的。如果換成是自己的先生，又會如何呢？孩子與老公哪一個比較重要，我並不清楚，但若拿尺來衡量，由於我沒有小孩，因此會對老公好一點，所以只生三十公分左右的氣；若換成是孩子，說不定就發五十公分的脾氣；對公公的氣則可能長達兩公尺半！就像這樣，其實相當不公平。如果是個生意人，情況又會如何呢？同樣拿十塊錢，給這位顧客如此大小的東西，給另一位的卻大得多。這種作法根本做不成買賣，馬上就會信用全失。我們人活在世上，依靠的其實是一顆毫無信用的心，所持的度量衡標準也爲數眾多。因此，倘若對方做了好事，我們可就不會拿大尺來量他的優點了。

比方說，某某人捐了十萬元給教會，得到的評語可能是：「唉呀！那個人就算拿出那麼多錢也不痛不癢，反正只是捐出多餘的錢，和我捐一百塊其實是差不多的。」但如果捐十萬元的人換成是自己，唉呀那可就不得了，非得向全世界發表不成，神氣到想敲鑼打鼓地宣傳一番。別人做的好事，是「反正他閒著也是閒著」、是「只不過在贖罪罷了」、或是「那叫多管閒事」。用來衡量他人好意的，是再小不過的尺度，但就算自己只做了一點點微不足道的好事，就已經能夠神氣到足以登天。這就是所謂「相對的」度量衡。請大家看看坐在隔壁的人，他們在丈量你做的壞事時，用的是這麼長的尺，但是對你做的好事卻不屑一顧。因此，就算被人提醒：「趕快說聲謝謝」，也有根本不想稱謝的時候；同樣的，如果有人要我們：「還不快道歉？」也會有說不出「對不起」的時候。這都是因為拿不同的尺來衡量別人的關係。

我的幸福是別人的忍耐

如上所述，人生來就不喜歡誇獎別人，我自己也是如此。就因為這樣，島先生才會在一生中沒被誇讚過，也回想不起別人對自己的讚美。他身上一定有值得讚美的地方，世界上不可能有完全找不出任何值得稱讚之處的人。他想必曾經做過什麼值得誇獎的事，卻因為我們自我中心的思想作祟，使他終究沒能獲得任何讚美。唯有自己好，其他人不管做什麼都是壞的，這種自我中心思想正是教會所說，最大、也最根本的一項罪狀。即使不是自我中心的利己主義，只要不將神置於最中心，我們便無法從罪惡中解放出來。一個僅以自我為中心，並用偏差的度量衡判斷他人的人，不管每天在何處做了什麼，一定不可能與犯罪劃清界限；然而，這樣的人卻總是不自覺的認為：「我身上根本就沒有什麼問題。」

我常常想，和三浦一起過的日子真舒服。但是，兩人中如果其中一人覺得舒適，應該就代表另一方在忍耐受罪吧！有很多做丈夫的慶幸自己娶了個好太太，日子幸福無比。但叫人出乎意料的是，做妻子的卻因此受了許多苦，或許還曾經在心中暗想：「這老頭怎麼還不趕快死呀？」也說不定。

我的母親生於明治時代，真是個相當會忍耐的人。她生性安靜，就像默默支撐著整座大橋的橋柱。母親生了十個孩子，受了不少罪。我的父親一直到死前還經常感嘆著：「能和妳母親結婚眞是太幸福了。」然而母親卻並不像他那樣覺得幸福。父親幸福美滿地走完了一生，但母親卻是忍耐再忍耐，一直等到父親過世後才輕鬆一些；那樣的關係絕對稱不上是彼此相愛……。就算深愛對方，日復一日的忍耐卻是相當難熬的。如果是情人或是偶爾見面的人，倒還可以笑顏以對，可是換成是天天碰面的人，可就不容易了。

傷別人的心，也應坐牢

雖然我們以爲自己處處謹愼小心，卻依然常在不留神的狀況下，傷了他人的心。傷害了別人的肉體得進監獄，而傷害了別人的心靈，卻不必坐牢。但是我們不可因此判下心靈不如肉體的結論，說不定是因爲如果眞的一一數算，現有的監獄關不盡所有的犯人，所以才沒有辦法執行呢！像那樣的罪刑是很深重的，有人很可能因爲某人的一句話，就失去了生存的意義；我就曾收過很多類似狀況的信件。有一位婆婆聽到媳婦這樣說：「我婆婆的年紀雖然大了，飯卻吃得不少呢！」那位媳婦原本的意思可能是「所以眞叫人開心！」然而，婆婆卻覺得「如果被人那樣講，活著還有什麼意思呢？」於是漸漸縮小自己的食量，到最後終至絕食，並跳河自盡。人心眞的很可怕。總之，那些只用自己專用的度量衡來評斷事物的自私自利者，究竟爲什麼對自己本身的問題如此地不知不覺，實在叫我們好奇不已。

自我中心思想的其中一個面貌即爲「吾家主義」。一般說來，「吾家主義」並沒有什麼不好。吾家就是要像我家一樣快快樂樂，兄弟姊妹融洽、夫妻和樂、孩子們高高興興地過日子，不是很好嗎？把自己家裝潢得豪華氣派，不也很好嗎？許多人就是抱持著這樣的心態，相當重視自己的家庭。

我的意思不是認爲看重自己的家庭不好，不過如果只重視自己的家，覺得只要自家幸福美滿、只要自家平安無事就好了的話，那我們又該如何看待家庭本爲構成社會之一小單位這件事呢？我覺得那其實是個相當令人害怕的事實。接下來要說的事雖然聽起來像在自誇，不過我和三浦結婚的時候，兩個人一起討論並決定下的大事之一，就是努力建立一個不只是我們兩人好就好的家，而是一個多多接納他人、並能夠與他人共同成長的家庭。

五、六年前我們的新家剛落成，舉行上樑典禮的時候，我們共同聘請的祕書夏井裕子小姐爲我們做了一段祈禱。我們雖然自以爲在建立家庭這件事上付出了很大的心血，但這位祕書的禱詞還是叫我們大吃一驚。她這樣說：「求不要讓這個家變成私人物品……。」在那個瞬間我想到的是：我們自己蓋的房子，爲什麼不能把它當成私人物品呢？後來才明白，這個年輕女孩不知不覺將我倆總掛在口中的話聽進去了，才會希望就算這個房子的本質是家，卻不是專爲我們夫妻倆和睦度日才建的；如果有各式各樣的人來訪，特別是那些帶著煩惱而來的人們，不管是誰都會被爽快地迎進家中；除此之外，她更希望這個房子能夠成爲像基督徒集會處之類的公眾場所……那位祕書小姐是這樣想的。

真正的愛要明是非

在「恭喜就職」的廣告欄上，會刊登一些人說過的話，有一次我也受邀為這個專欄寫幾句話。當時我寫的是：「所謂愛公司，並不代表只要為了公司利益，不管什麼事都能做。」眞正的愛公司，不能只要自家公司好就好。即便對公司本身有利，假使那家公司所做的是對社會有害的營利，就應該打從心底發出抗議與不認同。如果明知公司走歪路還當幫兇，我認為那樣的人並不能算是眞正的好員工。

舉例來說，某品牌的飲料中包含了一種無法向世人表明的成分，那家公司明知該飲品對身體有害，卻依然販售，並賺了不少錢。那麼，為公司賣命、並拚命工作製作飲料的員工，所做的其實是對世界有害的事，他們成了協助殘害世界的幫兇。

此外，雖說不能強調「只要我們公司這……只要我們公司那……」的，其實我覺得「只要我們國家如何如何……」這個詞也不好。在人類的發展史上，會出現很多國家並存的狀態，這本來就是個必經的歷程，我們得承認，也沒有辦法改變。戰國時代的日本也是如此，內部分裂成許多小國，彼此征戰討伐。日本內戰也只不過是一百多年前的事。像那樣的戰爭有多麼愚昧，現代人想必十分瞭解。然而，對當時的人而言，會津與薩長之間的爭戰，卻一點兒也不愚蠢，他們想必抱持著自己眞是爲了將軍、爲了國家才那樣做的錯覺吧！②

我認爲，如果一個國家正在往錯誤的方向走去，就算以性命作賭注，我們也應該鼓起足夠的勇氣指出「那樣不行」。不可以認爲只要自己國家保護好就沒事，或是只要對本國有利，鄰國怎樣都無所謂。鄰國之所以存在，就是爲了讓我們能夠去愛它，而不是我們爭戰的對象。同樣的，鄰人之所以存在，也是爲了讓我們去愛護他。如果不能這樣擴展自己的想法與觀念，人性便相當容易失落。

嬰兒期就該開始的訓練

《聖經》中提到「人類是按著天父的肖像造成的」。至於人究竟能不能活出

2. 編按：這裡的內戰，指的是日本幕府末期到明治維新期間，以會津藩與薩摩、長州藩爲首的兩派，爲了相爭維持幕府將軍主政，還是還政於天皇所引起的多年戰爭，最後薩長聯盟獲勝，開啓了明治維新。

天父的肖像，就無從得知了。幸運的是，我相信基督，身邊又有總是爲我祈禱的三浦，所以還算有某種程度的控制力。我生來就相當以自我爲中心，因此如果沒人在一旁幫忙踩煞車，一定會有很多不想面對神的時候吧！如果你問基督徒不都愛神嗎？我得告訴你，其實並不盡然。對於喜歡的人，會拚了命想講一籮筐的話，祈禱的時間卻能省則省、越短越好，像這樣的基督徒也是有的。《聖經》原是出自神的聖言，如果能夠從早到晚讀經，眞不知會帶給我們多少喜樂。然而只看兩三行就想做罷的想法，卻也同時存在於我們心中。倘若眞的有心要以神爲中心生活，就必須認眞嚴肅，千萬不可抱持那樣隨隨便便的態度。

我們應該背負著生產與教育後代的責任。有些美國母親在給孩子餵奶的時候，就算寶寶哭得再兇，也會教導他們先說「請」字。應該就是灌輸孩子講「請給我牛奶喝好嗎？」的概念。然後等到孩子長大，到了已經會自己用湯匙吃東西的年紀時，母親便會在全家共聚進餐時，讓他們親手舀豆子、舀肉，放進自己的餐盤。假設當時有三個人同桌，孩子便因此受到訓練，懂得如何從中取出屬於自己的三分之一份食物。如果桌上總是盛好了的食物，那麼只要想著吃掉自己那一份就好了；然而那些母親們卻特意在餐桌上，訓練孩子學會計算出席者總數與平均分配。我覺得那是相當優秀的教育方法。

話說回來，在日本也有很傑出的母親。日本基督教團發行的月刊《信徒之友》中的短歌專欄裡，曾經刊登過這樣一首歌：

「乳飲ますたびに子にかわり食前の祈りする母に嫁はなりにし」

（白話譯文）

我們家媳婦每次餵奶時，總會代替寶寶做飯前禱，她已經成了會如此做的母親了。

各位中應該也有不少作母親的人，然而會這麼做的，想必希罕。我們一般人總會想：「等寶寶長大一點兒再說吧！」、「孩子還不懂事，連『神』字都看不懂了，那樣念給他聽，哪有什麼用？」然而，那位母親卻代替孩子祈禱：「主啊！謝謝祢。現在我要喝奶了。請保佑我的身心，讓我能夠喝奶、感謝，並平安長大。」那孩子一次又一次地傾聽母親這樣的祈禱，在他腦海中一定因此記錄了母親祈禱的心、祈禱的話，以及祈禱時的氣氛才對。

據說幼兒在滿周歲之前雖然不會張口講話，卻相當專注地聆聽，而且會將聽到的所有內容，忠實記錄於腦細胞裡。這些內容被記載於腦細胞中，將會變成一座基石，人類想必就在那樣的基礎上成長。人們常說胎教很重要，既然如此，剛出生的那段時期豈不更加要緊？

教育要趁早，該教育什麼？

在日常生活中，我們究竟如何與孩子共處呢？我自己沒生小孩，所以不瞭解。

不過假設我有孩子，就算他再怎麼天眞可愛，依然會讓我覺得是個「可惡的傢伙」吧！怎麼說呢？我在還沒結婚之前，早上不管睡到多晚都可以，在家也不必負責煮飯。夜裡就算再晚回家也不會被罵，只要說聲：「今天工作忙，所以晚回了」就好。囫圇吞棗地吃了媽媽煮的飯後，覺得睏了便可以倒頭就睡。以上就是我在家當大小姐時的生活。因此，從來沒有想過要設身處地爲別人著想之類的事。

然而，剛出生的小寶寶只會哇哇大哭。他們不說想喝ㄋㄟㄋㄟ，卻只會哇哇哇；想睡覺的時候哇哇哇，碰痛了也哇哇哇，要人抱抱時哇哇哇，想走幾步路也是哇哇哇……。叫人實在摸不著頭緒，只好費盡心思地注視著寶寶的臉，想著「不知道他現在說的是什麼？」或是只能靠著傾聽寶寶的哭聲來盡力推斷：「應該是這個意思吧?!」。簡直要一個從未替別人著想過的嬌嬌女，一下子變身爲善體人意的母親。年輕的爸爸們，請你們千萬要記得，這個轉變相當不容易。況且小寶寶可是肚子一餓就會哭，並不會因爲一眼瞥見母親正在睡覺，覺得媽媽太可憐了，於是便耐著性子等她醒了再哭。那樣體貼的寶寶是不可能會有的。小寶寶想哭就哭，哪管你什麼時間、地點，更別提什麼爲人設身處地了。不善體人意的代表人物就是小寶寶。此外，他們對場合這種東西也絲毫不以爲意，從來不管自己去的是什麼地方。很多人會帶著寶寶進教堂，我認爲那是一件相當好的事。

然而，要是寶寶在那樣的場合下開始哭鬧，做母親的就非得將孩子帶出去不可了，說不定心裡會想：「眞是的，今天牧師的講道很精彩呢，本來想要好好聽的。」又或者是：「啊，哭得好」也說不定呢！總之，寶寶要哭是不會選定場合的。

我覺得神眞是深謀遠慮，並擁有驚人的傑出智慧。祂會將什麼話也不會說的初生之犢，送到直至今日還過著任性嬌縱生活的女孩手中，像這樣的組合不正出於天父的上智？假設人一出生就會說話，不管多小的寶寶，一定也會說出「請給我奶喝好嗎？」的請求；那麼一定也會有人回答：「啊！這樣呀，請等一下。」只可惜，寶寶只會哇哇哇，完全是來自單方面的要求。他們只要求，從來不會想「今天就讓我爲媽媽做點事情吧」。母親們就是被迫與這般不體貼的對象一同生活。

在餵寶寶喝奶的時候，做母親的可能又睏又累。在如此情況下，那個媽媽依然餐餐為喝奶的孩子做飯前禱。短歌中提到的這位媳婦，真的很了不起。能夠做到這個地步，就算說她的教育已然成功，也絲毫不為過。

一般說來，一個人的人格基礎是在三歲以前奠定的。俗話說「三歲定終生」，但是做母親的往往因為教養小孩而失去耐性：「吵死人啦！」有時煩躁到幾乎想用膠帶把寶寶的嘴巴貼起來的地步。總是等到她們猛然醒悟時，才發現孩子早已過了三歲。那個時候就糟糕了，因為寶寶的基礎早已奠立下來。在那之後就算叨唸著「神如何如何……」也為時已晚了。

我曾聽人說過，如果要將教育這個詞用別的詞彙頂替，那會是「宗教」二字。宗教的意思即為教導的根本。宗教本為教育的源頭，如果不將人建築在那樣的宗教心之上，反而要從教育中抽離宗教，那就像把屋子蓋在沒有地基的土地上。光想著要讓孩子進一流幼稚園和一流高中，然後再從一流大學畢業，說不定那孩子將來也會不負期待地搞出一流的賄賂醜聞來呢！

身爲一個人，總該懂得什麼錢不該拿、什麼錢不該給吧！不管拿了不該收的錢，或是付了不該給的錢，都表示那個人所受的教養，讓他無法做出如此基本的判斷，這相當可恥。當然我們不能把責任全部推到當事人的父母親身上，然而爲人父母眞的該爲孩子的一生深思熟慮。相較之下，我並不認爲上哪個學校或進哪家公司，會是人生中最要緊的事。

良心這種東西很狡猾

在這些剛出生的寶寶面前，或是今天在場的許多年輕人面前，究竟有什麼東西橫在自己的人生道路上呢？我二十三歲的時候得了肺結核，後來併發了脊椎慢性骨炎，臥病在床的時日長達十三年。當時對於必須躺上十三年病床的辛苦生活，根本無從得知。我有一個朋友後天失明，也因爲失明的緣故被迫離婚，她會有那樣的人生，也是意料不到的事。

另外，雖然這種事情不該發生，但還是有人因爲殺人冤案而被判刑。也有人明明沒殺人，卻得背負殺人犯之名結束一生。沒辦法進好學校、失戀、求職不順、失業、事業失敗，到處充滿了不順心的事情……。結婚了就打包票說老公不會外遇，更是少見的事，除非先生是像三浦光世（作者的丈夫）這樣的人呀……。這只是開開玩笑罷了，我相信今天在場的所有人，都沒有外遇的經驗。不過我的母親就經常告訴我，男人是很狡猾的，不可以相信。

在面對如此複雜的人生時，光憑著從名門幼稚園畢業的學歷沒有用，就算是出身於一流高中，也依然毫無用處。更重要的不正是自己是否眞正瞭解天父聖言這件事嗎？一聽我這樣講，想必有人會說：「什麼？我才不需要宗教呢！會去依賴那根本無法確定是否存在的神，就是心靈軟弱的證據。」但是叫人出乎意料地，這種人特別喜歡觀看「今天的運勢」之類的節目：「牡羊座……啊……就是因爲今天穿著藍色毛衣，才會事事順利呢！」會對這類節目深信不疑的，不也正是那樣的人嗎？

有人覺得自己完全沒問題，只願意憑藉著本身的力量過活。但是自己眞的可靠嗎？我們難道不應該懷疑這個所謂的「自己」？以爲自己有超乎想像的驚人力量，並完全不抱持任何絕望感這件事，才是人類眞正最可怕的地方。首先，人類一定得意識到惡與罪的可能性，才有可能眞正找到自己的救贖之道。

我們總會以爲：順著自己的良心做事就不會錯。我從前也曾經那樣想，並以爲自己寧死也不當基督徒。當時的我覺得，基督徒老是裝著一副神聖的樣子，一看到別人就馬上把人家當成罪人，還總是板著一張像在說「幹嘛？」的臉。

但是，那個曾經寧死也不願當基督徒的人，今天卻站在這裡說著這樣的話。因此我認爲「絕對」或「寧死」這種話還是不說的好。我們教會的川谷威郎牧師就曾說過：「良心這種東西是很狡猾的」。「依照自己的良心生活」這句話也相當詭譎。和三浦結婚以後，我才漸漸見識到，原來每個人對良心的認定標準很不一樣。看看我和三浦的臉，大家覺得誰長的比較「有良心」呢？咦？你們怎麼都笑了呢？一定是因爲我長得一副沒良心的樣子吧！

前幾天，郵差送來了一封貼著一百或兩百元郵票的信。在一般的狀況下，郵票上都會蓋著郵戳，但是那封信上的郵戳卻蓋偏了，印在信封很下面的地方。我一看到那張郵票，就把它當成是新的，並說：「啊！這是沒用過的郵票！」

說不定這種心態很普遍。平心而論，我對金錢管理眞的有相當的潔癖。比方說，如果這裡掉了一萬元，甚至是一百萬，我一定不會去撿，以前也從來沒撿過。當我還是個孩子的時候，就算偷偷打開媽媽的皮包窺視，想著「啊！媽媽還有錢用，眞是太好了」，之後再度闔上。我也從來不曾動手偷過一毛錢。在我們的家族成員中，我在金錢上的可信度應該是最高的。偶爾在媽媽那裡打電話，我也從來不會沒留下十元硬幣就走人。雖然爸爸媽媽已經過世，我卻連一次也沒撒嬌無賴過。在這一點上我以爲自己是相當有良心的，但也正因爲自己過於自信與驕傲，最後才會在意想不到的地方跌倒。

我一口斷定那張郵票是新的，還對三浦說：「啊！這個不用太可惜了，剪下來用吧。」三浦一聽馬上臉色大變：「綾子，妳這樣還算是個基督徒嗎？」我回答：

「可是這明明是新的，不用太浪費了吧！」我的良心還眞是遲鈍啊！「綾子，妳還是沒有搞懂嗎？這張爲了遞送這封信的郵票，已經用過了。不管有沒有蓋上郵戳，這張郵票就已經用過了。如果世界上的人都是有良心的，那根本連蓋郵戳這個制度都不需要了。」

被這樣一說，我覺得他的話倒也挺有道理。不過，那表示如果沒人提醒就不會懂。有一次我在別的地方提起這件事，聽了以後有人這樣說：「三浦綾子這個人眞奇怪，竟然說不可以用那張郵票呢！眞是個怪人！」可見，世界上還有人的良心標準比我更低呢！

雖說順著自己的良心過活，但眾人的良心畢竟有高低之差。雖然不知道先生您的良心尺度，搞不好您太太的良心準則還更高呢！如果您有孩子的話，說不定孩子有潔癖，對良心的要求更加嚴格。既然如此，我們究竟要按誰的良心標準過活呢？就連我們自己的良心，在心情好與脾氣壞的時候就有差別了。心中想著「唉，只好如此囉」的時候，與「好！今天可要好好地過！」時的良心，一定有著天壞之別，甚至連行禮的方式都會不一樣呢！

如果我們順從的是如此三心二意的良心，那還有什麼是我們應該仰賴著過活的呢？如果沒有任何一個東西是可靠的，那簡直就像站在軟綿綿的物質上，努力求生存一般。

上主日學，學判斷力與愛

根據統計調查的結果發現，從小上主日學的人，犯罪機率相當低。雖然說犯罪者不一定就是窮兇極惡之人，因爲運氣不好而不幸沉淪的人，也有很多。但是那些從小上主日學的孩子，長大後犯罪的百分比，眞的少之又少。如果用船來比喻，就算船身搖搖晃晃，眼見著即將沉沒，他們依然擁有馬上復原的潛力。尤其在遭遇人生的大風大浪時，復原力將日益強健。

接下來的這個故事，是我從旭川六條教會的芳賀老師口中聽來的。芳賀老師從父母親身上各得到了四分之一的歐美血緣，外表看來就像個外國人。前幾天還有位年輕女性這樣說：「旭川的中年男性裡，就屬芳賀老師最帥氣。」可見他是個多麼迷人的男性。

但也因爲體內的歐美血統，讓他在小學二年級的時候吃盡了苦頭。聽說在戰時還只是個小學生的芳賀老師，天天都想著「眞想今天死掉，眞想今天死掉……。」這實在太可憐了，一個年紀如此幼小的孩子爲什麼會那麼想死呢？因爲只要他踏出家門一步，馬上會被指指點點：「這傢伙是美國人！這傢伙是英國人！」

各位年輕朋友大概不知道，在二次大戰期間的日本，長得像美國人或英國人，是非常容易遭受虐待的。那樣的人得忍受種種欺凌，甚至完全無法繼續待在日本這個國家。然而，芳賀老師明明就是日本人，卻連個可以逃的地方都沒有。他有一頭像美國人一樣的捲髮，膚色既白、鼻子又高挺，臉上還有著如同外國人般的眼睛。

對少年芳賀而言，外出眞的是一件辛苦事。只要走出家門一步，就連大人都會予以苛責或毆打，所受之苦足以叫人喪失求生意志；更何況他只是個孩子，不管上學途中，或是放學回家的路上，都會被人欺負，這是我們難以想像的狀態。他當初眞的隨時想死，心中就只有這麼一個念頭。

後來發生了一件令芳賀老師改變心意的事。那天放學的時候，他特意挑了一條施虐者不常走的路回家，但是突然出現一群他校四年級左右的學生，將他狠狠地推倒在地。芳賀老師一邊挨打，一邊流著淚想著：「啊，眞想死。」

就在那個時候，一個和那群學生同校的同齡男孩跑了過來，叫道：「你們這樣還算是人嗎！」要將這樣的話說出口，可不是件容易的事。

看到有人被欺負的時候，要我們飛快地跑過去，並說出像「你們這樣還算是人嗎！」這樣的話來，通常是辦不到的。對方一句「做什麼！」可能會令人馬上就說出「對不起」地縮回去了吧！要做出這樣的舉動是很困難的。

當那群學生七嘴八舌地說著：「這傢伙是美國人！是英國人！是敵國人民，所以無所謂！」時，男孩一清二楚地說：「不管他是美國人或日本人、韓國人或中國人，還不都是人嗎？」被他這樣一說，大家頓時全洩了氣。能夠說出這種話來的孩子，在學校想必也是極受尊敬的。

男孩接著說：「某某，馬上到我家去，把我桌上那三本書拿過來。」那是個物資缺乏的年代，想買本書可是件大事。因此，那些書對男孩而言，想必是相當貴重的寶物。

被點名的孩子飛快地跑到男孩家中，並取來了三本漫畫書，分別是《冒險灘吉》、《野狗二等兵》以及另一本漫畫書。男孩將三本書遞給芳賀老師，並對他說：「喂，這些送給你，要加油喔！」

對男孩而言，那些書一定是他最珍惜的寶貝，如同要我們把貴重的戒指從手上褪下來送給對方一樣，說不定更像是將存款簿全數交出呢！或許看到被欺負的孩子時，男孩心中燃起一股愛，覺得非得這樣做不可。他在離開之前留下了一句話：「我有去上主日學呢！」這句話深深地印在芳賀老師的心中。

在那之後，芳賀老師也曾經試著尋找男孩的家，卻再也沒見過他。雖然僅是兩個孩子間一次短短的相遇，這件事卻從此留在老師心中，並左右了他的一生。

我並不清楚老師有沒有上過主日學，只知道他在國中時期遇上困難，因此開始認真地上教堂，最後終於成了牧師。我覺得「去上主日學」這個行動如果可以從小開始，讓幼小的孩童也能夠懷抱那樣的判斷力與愛，豈不是一件相當美好的事情！

你捐什麼東西去義賣？

對於差別待遇，芳賀老師總是抱持著相當憤慨的態度。他是位非常慈祥和藹的牧師，當他從神戶調職到我們教會時，也將這個受虐經驗一併告訴我們。事件的產生原點就在差別待遇上，這件事也因此在少年的人生中，點燃了一盞永遠無法忘懷的明燈。原來人與人之間的因緣際會也可以這樣。有些人就算當了一輩子朋友，也不見得會成爲對方生存的力量，但芳賀老師與那男孩的短暫相遇卻做到了。生存指的是讓人活下去，而愛正是可以使人活下去的動力。我深切認同這樣的道理。

每當我將各式各樣的生存態度套在自己身上思索時，總會想：自己雖然對外宣稱相信神，但究竟又獻給神什麼東西呢？遇上各種義賣活動時，我雖然會從家裡拿出很多東西奉獻，但挑出來的總是自己用不到的東西。眞的很羞愧，我對自己要用的東西總拿不出手。純毛的毯子留下來給自己，不是純毛的毯子才捐出去。

要是自己能夠用那非純毛的毯子，而把純毛毛毯捐出去，那該有多好！

此外，盤子也是挑自己不喜歡的圖案捐出，新衣服更是留下喜歡的，才把不要的拿出來給人。其實我們眞正應該奉獻給神的，應該是最好的東西才對。把今天剛做好的美味佳餚分給別人才算是眞正的愛，如果嚐了一口後，覺得難以下嚥，於是乾脆送給別人，那就是一件相當可恥的事情了。

博物館珍藏的襪子

在此，想和大家分享關於丹頓女士的故事。

我覺得丹頓女士獻給神的，是眞正重要的東西。有一次，三浦與我結伴到和歌山，拜訪一位叫升崎外彥的傑出牧師；那位牧師總有著說不完的故事，甚至擁有一間小型博物館。那天他答應要讓我們看看館內最精彩的珍藏。

那時我們所見到的，是一位名叫丹頓的美籍傳教士的襪子。那雙襪子經過多次的接連縫補，密密麻麻的縫線多到幾乎無法辨識原本的布料。至於襪子爲什麼會出現在升崎老師的博物館中？那是因爲在接到丹頓女士去世的電話通知後，牧師是第一個趕到現場的人。在場的人對他說：「牧師，請挑一樣你喜歡的東西，當成遺物帶回去吧！」因爲牧師是第一個到的，所以他們願意讓他挑選自己最喜歡的物品。當時升崎牧師毫不猶豫，馬上要了丹頓女士的襪子，因爲他老早就知道女士那雙縫了又縫、補了再補的襪子。

襪子只要稍稍破了洞，大部分的人就不再穿了；如果襪子脫了一條線，更會覺得穿起來太丟臉、覺得很可恥。因此，如果叫我們穿著像丹頓女士的襪子到街上走一圈，很可能會得到類似「寧死也不願做那樣的事」的答案吧！

然而丹頓女士卻絲毫不以爲苦，反而欣然穿上。那雙襪子代表的正是她眞實的模樣。丹頓女士連身上穿的都縫縫補補，家中也極盡儉樸。只要是給自己一個人的，恐怕連吃的東西都極其粗糙。反正能省就省，省下來的錢就供給日本的女學生們唸書。櫻美林學園的創辦人清水安三先生的夫人，就是因爲丹頓女士的愛，才能夠順利完成學業。當我們到一般博物館參觀時，見到的總是華麗的花瓶、名人的書信或畫作……等等有實際價值的物品，卻從未看過像這樣的東西。

離開美國之前，丹頓女士其實有個深愛的對象。她原本與名叫法拉的年輕人彼此相愛，並訂了婚。然而，當前往日本傳教的使命分派下來時，她默默地忍受了極大的痛苦，將自己完全奉獻給主。在與法拉先生長談並解除婚約後，丹頓女士一個人橫渡太平洋來到日本傳教。

將強大到足以忘卻戀人的愛奉獻給天父，丹頓女士盡全力，甚至說是拚了命地傳教。她總是不顧吃穿，連襪子都縫補成那般。離開家鄉數十年後，從美國來了一位老紳士，將自己一生工作所存的金錢，全部交給丹頓女士：「請收下，並將它用在主身上吧！」這位奉獻財產的老紳士，正是年輕時與丹頓女士分手的法拉先生，而當時剛好是分手的五十年後。法拉先生同樣單身了一輩子，兩人雖然分隔美國與日本兩地，卻一同將那份從未冷卻過的愛獻給了天父。他們所奉獻的是最重要的東西。用那筆錢建造的，即為京都的同志社女子大學那間紅磚蓋的校舍。聽說在校園內的那棟榮光館中，還一左一右地掛著法拉先生與丹頓女士的照片。

不是為他人，而是與他人一起

讓我們來仔細想想，就算做出如此犧牲也要傳達基督徒使命，以及丹頓女士那份由基督而來的強大的信仰。對基督的那番愛眞的很了不起，足以成爲讓人繼續活下去的動力。姑且不論「如果兩人能夠結婚就好了」，或是「他們還是不結婚的好」之類的題外話，那些都超出問題所在。他們那樣的生命同樣受到神的祝福，並教導許多人何謂眞正的人生。

我們究竟應該如何度過自己的一生呢？我並不是向大家鼓吹「分手吧！」，因此請千萬不要以爲「那樣的話，我也來分手好了」。我只是認爲，將自己擁有最珍貴的東西獻給天父，除非擁有那樣眞實的心，否則人是沒辦法過最重要的靈生活。對人而言，最要緊的東西，並不是有手有腳、四肢健全，如果不能擁有眞正溫柔的靈魂，以及足以與主交談的謙虛心靈，我們很容易就會變得自私自利，並以隨隨便便的良心做準則，而虛度寶貴的一生。

生命中不可缺少的是什麼？

現在的自己究竟立足於什麼樣的地方？這是我們亟需自我反省的疑問。

有位名叫神谷美惠子的醫師，將其一生奉獻給痲瘋病療養院，她長期在療養院內以精神科醫師的身分工作。年輕的神谷醫師在療養院內，第一次見到痲瘋病患時所寫的詩，完全震撼了我的心。我們雖然堪稱爲人，並不見得擁有足以稱爲人的靈魂。而我簡直就像個不知羞恥的惡魔千金，和那位醫師截然不同。各位第一次見到痲瘋病患時，看到他們塌著鼻子、手指潰爛、畸形，一定會深感同情，或許有人還會在心中暗想：「唉呀，眞是太悲慘了。」然而會發出如同神谷醫師般感慨的，恐怕不是人人都做得到。

神谷醫師爲痲瘋病患做了以下這首詩：

「どうして私たちではなくて、あなたが？あなたは代わってくださったのです」

（為什麼不是我們而是你呢？是你頂替了我們受罪。）

她是以多麼溫柔的愛在看待別人呀！

神谷醫師總是教導學生：天父愛每一個人，因此我們活在世上，一定要將眼光放在那些天父所愛的靈魂上才是。我們總習慣以「唉呀！還好不是我，是他而不是我，眞是太好運了！」的可恥態度來看待他人的不幸。我們眞正應該渴望的是，那份相信基督的愛：自己活著並沒有錯，但更應該與他人一起。不是爲了他人，而是與他人一起活著。我很想要那樣地活下去。

前面曾提過，在我新居落成時，有位祕書朋友祈禱說，希望我們不把自己的家當成私人物品使用。我倒覺得最好連自己本身也不要私物化，而可以活出將自己的重要人生奉獻給主的生命來。

還不認識神的人，爲了能夠眞正相信神，請你們到教會來吧！至於教會方面，如果在你們教堂裡還有空著的座位，請你們爲應該坐在那位置上的人祈禱，打從心底祈求他們受引導。不要說出像「這個人不行」，或「那個人從不上教堂」之類的話。

有一個我向來認爲「絕對不會變成基督徒」的學生，在我連續爲他祈禱了七年後，終於在第八年信了基督，甚至在邁入五十大壽時，毅然決定要成爲牧師。另外，有一位在高中任教的英語老師，因為本人實在太優秀，以致於我遲遲不敢邀請他進教會，但是那位老師卻因為讀了我的書而成為基督徒。所以，我們真的無從得知，一個人改變的契機藏在何處。剛剛提到的那位老師在受洗後，雖然年過八十卻開始傳教。因此「沒用」的人是不存在的。

一位住在東京的母親寫信給我，她知道三浦是個經常禱告的人，所以信中寫到：「請代為祈禱，請為我的孩子代禱。他即將出獄，但依然與某個暴力團體有所牽連，手上也有刺青。請為他祈禱，讓他成為保羅⋯⋯。」保羅③當年原本是迫害基督徒的人，但卻在一瞬間反而成了基督徒。這位母親希望我們為她的孩子祈禱，更希望孩子能如同保羅般改變。我覺得哪有那樣勉強別人的祈禱？要一個剛出獄的人忽然朝著正路轉變，如果真有那樣簡單，就不會有人吃苦了。然而那位母親一定不停地做著那樣的祈禱吧！在即將迎接出獄的孩子前夕，終於按耐不住，轉而求助於三浦。連三浦都還沒開始代禱，那位母親的祈禱已然被俯聽。她的兒子出獄後煥然一新，聽說已與暴力團體乾乾淨淨地切斷關係。

3. 保羅是基督新教的譯名，天主教稱為保祿。

第三章 我的小說、我這一生

生命中不可缺少
的是什麼？

我的欺騙人生

對於自己是個作家這件事，我可以說是毫無自覺。經常被人說「為什麼會寫與基督宗教有關的小說呢？」或是「作品中常常出現《聖經》裡的話呢！」與其說我這個人想寫小說，還不如說是因為想傳達基督的愛，才選擇寫小說來得恰當。如果我有一副好歌喉，一定會用歌聲來傳達基督的愛；同樣地，如果我會畫畫，一定早就選擇以繪畫來傳播基督的愛了。

雖然口口聲聲地講述基督的愛，其實對祂卻是又敬又畏，真希望我能夠更詳盡地與各位分享自己的經驗。關於祂的美好，我已經寫在拙作《尋道記》中了。書中所講的是關於我成為基督徒的經過，以及如何與三浦光世結婚……等等。有人說那是一部講述愛與信仰的書，事實上也是如此。

我並不是來宣傳自己的書，更何況時間有限也無法一一詳述。總之，如果有人問我《聖經》是什麼？倘若硬要用一句話來解釋，我認為《聖經》就是指出「耶穌是我們的救主」的著作。

與《聖經》相遇後，我的人生因此有了極大的轉變。既然提到轉變，就不能不談談我從前的模樣了，所以在此簡單介紹一下。

讀過《尋道記》的人應該知道，最近社會上產生了「拒絕上學」的問題，抑或該稱之爲「拒絕上學」的現象；然而在我念女學校三年級、也就是現在的國三時，就已經有整整三個月「拒絕上學」的經驗了。我拒絕上學的方式並不像現在學生所做的那樣，而是欺騙了所有人。我先到醫院告訴醫生：「我的風濕症引起腳痛。」在現在的醫學領域裡，當然有治療風濕症的正確方法，但在我那個年代，風濕與神經痛尚爲醫師們所不瞭解的疾病。

醫生回答：「這樣啊，腳疼呀！」我告訴他：「接下來的三個月很冷，如果我不好好休息，一定沒辦法復原吧！」於是醫生便爲我開了休學三個月的診斷書。我將診斷書交給學校，因此不論是我的爸媽、還是學校老師，都以爲我眞的是因爲風濕症才辦休學的。

回頭想想，當時的行爲實在是太惡劣了，我就這樣欺騙了所有大人。在瞞過優秀的醫生和對自己有養育之恩的父母後，我在枕頭邊高高地堆起一疊書，悠然度過了整整三個月的假期。造成現在社會問題的拒絕上學，有遭受霸凌或堅持己見……等眞正的理由，還稱得上是可愛；而我卻是全盤的欺騙，並打從心裡承認自己是個惡毒的人。然而像我這樣的人卻當上了老師，在小學教了七年書。

在戰爭期間，我眞的是個無比熱心的教師。當時流行一個詞叫「拚命」，我也眞的拚了命去教導學生。只要敵機來襲，空襲警報大作時，第一個往學校跑的人就是我。雖然我住的地方離學校很遠，然而就算住得近的老師們，也沒有一個人趕去，我依然跑第一的往校園裡猛衝。當時我想：如果要死，就一定要死在自己工作的地方。我當時就如同字面的意義一樣「拚了老命」。此外，我也是個相當嚴格的老師，如果孩子有不懂的算術問題，放學後一定會被我留下來，非得讓他當天搞懂不可。我就是一個如此叫人感激、也可能惹人厭的教師。

行屍走肉的日子

後來日本戰敗，在美軍的行政指示下，我們被迫在直到昨天為止還拚了命教授的課本上塗墨。看著孩子們那樣做時，我忽然想到，如果自己拚了命教導的東西其實是錯誤的，那麼這整整七年又算是什麼呢？從此我失去了教導學生的自信心，整個人變得相當空虛頹廢，並認爲與其教導，還不如什麼也不教。

那麼當時我又做了些什麼事呢？有一段時期我讓孩子們在教室裡自習，自己卻去洗衣服。教導了錯誤事實所帶來的苦痛與悲哀，讓我越想認眞面對教師這份工作，就越加痛苦，終於成了一個完全無法再相信任何事而行屍走肉的人。

軍國主義時代的教育方針是：天皇陛下是神，天皇下的命令一定要絕對服從。而我也眞的完全做到這一點。當時常有這樣的畫面：黑色轎車大聲播放著軍歌，右派人士們激動地在一旁呼喊口號，那其實就是我們學校所有老師的忠實寫照。今天如果還有人那樣做，一定會被批評為右派（右翼份子，擁護皇室、民族主義、愛國主義）；但在當時只要是有頭有臉的人，大家毫無例外地全屬右派。

在那樣的狀況下，我告訴自己：世界上沒有什麼東西是眞正能夠相信的。就這樣，自己的人生也變得可有可無。誤導了學生的這項事實，令我感到羞愧萬分，簡直到了不想繼續活下去的地步。就在眞心想去當乞丐的時候，眼前出現了西中一郎與廣澤兩位男性。當他們二位同時前來求婚時，我竟然也就答應了兩位男士的求婚。

徹底的墮落

關於這件事我曾在別的地方提到過，總而言之，人類這種生物要自甘墮落，實在是太容易了。如果有心墮落，只要隔天一早不刷牙也不洗臉，男生隨意打開西裝襯衫的領口、女生不要梳頭，就可以了。連續那樣幾天，光從外表看來就已經相當自我墮落了。人類往下墜的速度是很快的。

在那個時候，出現在我面前的是前川正先生。前川先生是個療養中的學生，我從這位基督徒身上，學到了詩歌的寫法，和許多與基督有關的事。詳細情形我在《尋道記》書中也有提過，自己當時覺得寧死也不要當基督徒。那樣的我終究領了洗，甚至還因爲想傳達基督的愛，而開始寫些稱不上是小說的東西。

我沒有辦法當場爲各位一一講述《聖經》的內容，總之我因此成了基督徒。那眞是個奇蹟。自從認識基督的愛，直到今天爲止，我眞的無時無刻不因基督而喜樂。那個曾經不管面對何事，都只有一句「隨便怎樣都好，無所謂」的我，已成爲過去；當初完全沒料到今日的自己，竟然會認識基督的愛。我有一個同在療養院的朋友，一樣也是個頹廢空虛的人。他曾經這樣說：「我有時會很想掐住女人的脖子，唯獨對妳不會產生這樣的念頭。因爲別人想必會尖叫哀嚎受盡痛苦，但是妳卻是個毫不抵抗、甚至會微笑走向死亡的人，所以唯有妳叫我一點兒掐的慾望也沒有。」正如他所說的，我當時完全失去了求生意志。

那樣的我在領洗後變成了現在這個樣子，完全爲基督而喜悅。簡單說來，就像吃到了好吃的東西想分享，或看到了美麗的風景想告訴別人一般，我的心情就是如此。

人的本質是什麼？

今天我和文藝評論家佐古純一郎先生一塊兒吃了蕎麥麵。佐古先生在大學任教，教授的科目是叫我相當佩服的人類學。我們雖然身爲人，但對於人是怎樣的生物其實並不瞭解。如果有人打算當醫生、學校老師，或當牧師，一定不會認爲「雖然不知道當醫生是怎麼一回事，還是隨便當當好了」，或是「不知道當老師怎麼樣，做做看再說吧」，甚至以爲「等當上了牧師，再來讀《聖經》」，一定是先對那職業有所瞭解，才會產生想要去做的意願。我們雖然身爲人，若被問起人是什麼，是不是能夠一語道破？抑或有沒有能力正中核心呢？出乎意料地，我們雖然當了那麼久的人，其實卻相當不瞭解人眞正的本質。

《聖經》是一本相當神奇的書。在描寫人方面，沒有其他作品能夠與被譽爲世界最重要、最突出的文學書──《聖經》相比較。《聖經》上寫到「天父是按自己的肖像造人的」。我們人是依照著天父的心被造出來的，還好沒有按照惡魔的外型創造，不是嗎？第一次知道這個事實時，叫我受到了極深的感動。

但是要在生活中做到堪稱那樣的人，其實並不簡單。一遇上小小的挫折，大家就容易給人設限，也給自己設限。不是說「反正我是個可有可無的人」、「反正我是被淘汰的」，就是說「那傢伙已經不行了」、「那個孩子沒救了」。然而，天父是絕對不會說出這種話的。在這世界上，沒有任何一個人的存在是可有可無的。

我自己也曾經因病躺了十三年，在那期間不知道想過多少次：我一直臥病在床，既浪費金錢又給人添麻煩，這樣的自己哪有活下去的權利？會不會死了反而更好？那時有位牧師對我說：「只要妳還有使命在，神就會讓妳繼續活下去。」畢竟神並不會愚蠢到去創造那種可有可無的存在。

當我們如此給自己設限的時候，基督、神卻毫不保留地接受了我們。常有人說「接納的精神」，指的就是全盤接受。神認爲我們好，甚至願意將自己的獨生子耶穌基督送上十字架。

關於十字架，只要常讀《聖經》的人一定知道，那就是我們對基督之愛、對天父之愛。「你是很重要的」，上主這樣對我們說：「你是按照我的肖像造成的，是很重要很重要的人。」所以千萬不可以灰心喪志。不管別人說了什麼、或用怎麼樣的眼光看待你，你都是最棒的。神就是這樣告訴我們。

我是主角

我們常在劇中見到行走的路人，男主角與女主角就在他們眼前又哭又笑地演戲。雖然眾人的目光焦點都在男女主角身上，但是那些路人們其實也同樣是自己生命中的主角。在我們眼裡不過是飾演過路人的角色，說不定比那些在正中央演戲的主角們，身上背負著更爲艱難的人生呢！

不管是什麼人，他們在自己的人生中必定是主角，也一定會自認爲主角。從地球誕生，一直到毀滅爲止，世界上絕不會出現第二個與你我完全相同的人。沒有人和你一樣，你是獨一無二的。也就是說，有一位將這樣的你創造出來的神存在。而我眞的相信，那位神賦予你使命。

只能看天花板的七年，我看見什麼？

我在強制入院治療的情況下臥病在床，成了幾乎連一顆橘子也買不起的貧窮病人。躺在床上整整七年，眼睛就只能一直往上看，連將脖子左右轉動的能力也沒有，更別提彎腰撿起掉落在地上的東西了。看起來眞的既窩囊又沒用，但是就連那樣的我，天父總是不停地看顧，叫我眞的很感動。

在《聖經》的《約翰福音》中，曾經提到一個生下來就失明的人。當耶穌的門徒們見到他時，問道：「老師，爲什麼這個人眼睛看不見？是他自己犯了罪？還是因為他的父母犯了罪？」連耶穌的門徒都如此狠心，竟在當事人面前說出這樣的話來。《聖經》對於那樣的事件也毫不隱瞞，一五一十地全記錄了下來。

我們也常常說出類似的話。如果有人接二連三地遭逢不幸，就容易被批評為「那家一定有什麼東西在作祟」、或是「那個人雖然看起來像好人，想必因為背著別人做壞事，才會有那樣的報應」。如果絞盡腦汁也想不出合理的原因，便會進一步歸咎於名字取得不好、印章刻得不正之類的理由。橫豎非給事情找到個足以怪罪的對象不可。

那個時候，耶穌是怎麼回答門徒呢？

「這個人的眼睛看不見，並不是他的父母犯了罪，也不是他犯了罪。而是為叫天父的工作在他身上顯揚出來。」天父的力量與光榮，要藉著他而彰顯出來。耶穌告訴我們，那個人對天父而言是有用的。

那是多麼大的安慰呀！尤其像我這種病懨懨的人，更是受到了無限的慰藉。在那無法左右轉動脖子，並臥病在床整整七年，連站也站不起來的生活裡，這句

生命中不可缺少的是什麼？

話不知道給了我多大的鼓勵。
接觸到基督的愛，眞的可以使人變得更堅強。

第四章 愛與相信

生命中不可缺少
的是什麼？

失去溫度的人生

當我們提起愛時，所愛的對象究竟是什麼？各位最愛的又是什麼呢？是人還是錢？講到愛，我們總容易聯想起人與人之間的愛情，但在內心深處或許相當不以為然，甚至非常討厭人，也說不定。

說到相信，我想一定有人窮其一生都在相信別人。在這裡，我想和大家談談關於人究竟應該相信什麼，又應該愛什麼的幾項思考點。

二十六歲左右的時候，我曾經做過像這樣的短歌：

「湯たんぽのぬりきを抱きて目覚めいるこのひとときも生きていると言うのか」

（睡醒抱著微溫熱水袋的這個人，是否有著可稱為活著的時候？）

北海道極其寒冷，睡覺時我總把熱水袋一起放在被窩裡，一到早上熱水袋就涼掉了。

寫短歌的那個時候，我正因肺結核住在療養院，每當感覺到熱水袋變得不冷不熱，和自己的體溫相同時，便會油然生起「我這輩子究竟爲什麼而活呢？」的念頭。抱著那個涼掉了的熱水袋，覺得它簡直就是自己的化身一般，想法非常地頹廢空虛。

那個時候，我眞的不曉得自己能夠相信什麼？又能夠愛什麼？當時，還不滿十七歲的我，已經參加小學正式教員的檢定考，並被分發到礦坑之城——歌志內市。我所在的神威小學共有五十多個班級，算是個規模不小的學校。不僅如此，學生人數還一天天不斷地增加。由於戰爭期間煤炭的需求量提高，小城的人口也跟著增多，每天都有新學生加入，後來教室不夠用，只好又開了分校區。而我就在礦坑之城度過了那個時代。

如果說我從十七歲起就已經不純眞，那實在太奇怪了，總之當時的自己眞是純真又執著。為了鍛鍊天皇的子民，我可以說是拚了老命，並認為能夠教育出天皇陛下喜歡的孩子，是無上的光榮，每天都沉浸在喜悅中工作。說我拚了命教學，可不是假話，不但不是假話，還如同字面上所說的，一點兒也不偷工減料。

拚了命的純真年代

轉到旭川的小學後，開始聽到空襲警報的聲音，那也是有生以來的第一次空襲警報。當時，我決定了，就算遇上空襲，也要死在工作崗位上。雖然住家離學校有三公里以上的路程，為了準備好隨時可以跳上腳踏車飛奔而至，便每天穿著厚重的保暖工作服不脫下，連睡衣都不換，收音機也從沒關上過。一聽到空襲或警誡警報，便馬上跳起身來，背上塞滿緊急乾糧的背包，以驚人的氣勢騎著腳踏車往學校飛奔。

衝到學校後，卻發現校園裡沒有半個人，不管是住在學校附近的校長、主任，或是其他的老師都沒來。我來得最早，不，應該說只有我一個人到才對。情形就是那樣，我簡直不要命似地認眞，非常努力地想做個學校的好老師。

六十本日記

那些學生有我這樣的人做他們的老師，眞不知是幸運還是不幸，不過我倒是眞愛小孩。轉進旭川的小學後，校方將一個有六十個孩子的班級交給我負責。於是我準備了六十本筆記簿，並利用每天放學後的時間，一邊看著每個孩子的座位，一邊為他們一一記下簡單的日記。要寫完六十本日記，可眞得花不少時間。就算寫完了五十五本，卻總有五個孩子的日記不管怎樣也寫不出來。在那樣的情況下，我會將五個孩子的名字記下來，隔天一早首先做的便是由我開口向他們說話。由我首先開口講話，應該可以算是爲了昨天忘了他們的事做補贖吧！

我眞的很喜歡那些學生們，喜歡到願意每天做同樣的事。原本以爲大家一定早就把那些日記本丟掉了，誰知道多年後，卻從以前的學生藤島雅夫的母親手中，接到那本日記的影印本。我看到的時候眞的好高興，因爲根本沒想過那樣的東西會被留下來。日記本爲我替孩子們做的事作了證，也讓我回想起往昔的自己，不管是好是壞，全都想起來了。我眞的非常高興。

不如歸去！

雖然說熱心是件很重要的事，但是我認爲，搞清楚人該對什麼熱心，才是更重要的。

我曾經是個相當嚴厲的老師。有一次下課時，小女生們圍在一起玩跳繩。當時有個身材既不好、功課也不行的女孩S子對她們說：「讓我玩」。那個時候帶頭的是個成績好、長得又可愛的女孩，她回答：「誰理妳」。我聽了很生氣，正要靠過去說點什麼時，她卻又說：「誰理她嘛！」我一向信賴那個帶頭的女孩，她的作文寫得很棒、功課又好，原本我以爲不管對她說什麼，自己的心意一定可以被全盤理解。於是我對女孩說：「讓她一起玩。」誰知道得到的回答還是一句：「誰理她嘛！」

鐘聲一響，大家又回到教室裡，帶頭的女孩也走到自己的位置正要坐下。我對她說：「不願意和別人一起玩的人，也可以不用和大家一起唸書！」她向來伶牙俐齒，此時想必嚇了一大跳。其實我做了這樣的處置，已經可以適可而止，但是我還是不准她碰椅子，而要她改坐在地板上，並在心裡以爲，沒把她趕出去就已經很不錯了。

隔天，那女孩哭著來上學，但我還是狠狠地說：「妳可以不用坐在椅子上。」直到第三天都還是如此。我眞不知道自己多麼嚴重地傷了那孩子的心，但這時自己也覺得對她做得有點過分了。然而我眞的以爲她懂，也眞的希望她能夠理解我的用意，並親身體會到那位說出「讓我玩」卻被排擠的孩子心中的寂寞。爲了要讓她打從心底記住這一點，我的處罰延續了整整三天。那實在有點太過火，做得太絕了一點。如果現在的家長不知會作何感想？大概早就成了新聞頭條，被全面刊登在頭版的地方，而不會擺在三版吧！我眞的是個壞老師。

正因爲自己如此認眞，當日本投降、戰爭結束時，我感到非常悲傷。八月十五日那一天，當我們聽到收音機裡傳來天皇陛下的聲音，知道日本戰敗的消息時，我在滿是沙土的室內運動場中用額頭大力摩擦地面，邊哭邊向天皇賠罪。我想只要是日本人，大家都會那樣做吧！至於室內運動場爲什麼會有沙土？那是因爲當時的孩子們都光著腳在外邊走的緣故。戰爭期間鞋子是配給制的，領不到鞋的孩子也有很多。因此只要在學校，不管室內或室外的運動場，大家都是光著腳丫子跑的。

如果各位想知道更多關於戰敗時的眼淚，只要查閱歷史就會明白。在這樣短的時間裡，就算我對大家述說，也一定講得不清不楚。

過了不久，佔領軍就到了。大批的美軍到來，對我們下了各式各樣的命令。這事我也不知提過多少次了，那時，我們被迫在一向奉爲圭臬的教科書上塗墨，老師們必須逼著學生那樣做。有一天，我對孩子說：「磨墨！」孩子們便乖乖地照辦。從前有書法這堂課，因此每個學生都帶著墨。「打開XX頁，把到第X行為止的部分全部塗掉！」聽我這樣一說，孩子們便在完全不理解的狀況下照做了。

說真的，孩子們並不瞭解自己處在歷史中的什麼地方。不，就連我們這些教書的老師也不見得知道，我們並不明白今後的日本究竟要走向何處。我總是這樣想，有史以來日本全國不知出了多少教師，但是遭遇到像我這樣，被迫命令孩子們在萬般珍惜的教科書上塗墨的，應該就只有昭和二十年（一九四五年）我們那批當教員的人吧！

在那之後，我再也無法辨別，究竟至今為止我教授的東西正確，抑或是美軍的命令正確。總之上面的命令一下來，我們便不能不聽從、不能不照辦。我失去做任何事的動力，只好一直叫孩子們自修。不管說什麼話都叫我害怕，深怕孩子們會相信從自己口中說出的話。如果能夠，我真想把學校的工作辭了，辭了工作好去當乞丐。我是真的那樣想，因為我以為沒有人會相信一個乞丐所講的話，所以只要當了乞丐，就可以隨意說話了。不過乞丐說不定也有他們的哲學，有的人雖然當乞丐，其實卻很有錢；也有人是爲了貫徹自己的思想，才當乞丐的。跳過評論乞丐講的話與學校老師講的話哪一個較正確這點不談，大體上而言，世上的人是比較不願意去聽乞丐的聲音的。因此，我眞的渴望去當乞丐。

於是我從家裡帶來洗衣盆，並開始在講台旁邊洗衣服。大家能夠理解那樣的心境嗎？那時流的眼淚，一直到現在還沉甸甸地壓在我心頭。爲了讓日本成爲一個更好的國家，我一直努力再努力地過活。而自己會開始動筆寫小說，應該也有部分原因是因爲受到那種心情鼓動的影響吧！

我還不習慣活著

我們家有七個男生。大哥在戰後被送到西伯利亞當俘虜，二哥在軍中病死，三哥與四弟則去當兵了。說起同一時代男女命運的差別會那樣懸殊，應該是相當罕見的例子，跟現代根本不能比。當時的男性只要一收到紅單（軍隊召集令），就得馬上出發去打仗。如果被派去的地方是激戰的前線，就會一個也不剩地壯烈犧牲；或是連前線都還沒到，乘坐的軍艦或運輸船就遭魚雷打中，不幸被擊沉。就因爲自己是女生才能躲過那樣的命運，我到今天還是存著這樣慶幸的心理。只要開同學會或校友會，我們總會一起默禱。一想到，不管是那個很可愛的男生，或是那個老愛捉弄人的頑皮小子，他們都已經死在戰場上時，心中眞是無限悲傷。

讓我們回到原來的話題。在剛剛提到的那種狀態下，我同時與兩位男性訂了婚。然後在第一份聘禮到家時，我忽然失去了意識。這世上眞的有神，因爲如果當年我沒有失去意識，應該早已和那位先生結婚，浮浮沉沉了一番，現在不知道變成什麼樣子？在失去意識之後，我得了肺病，從此開始了十三年的罹病生涯，病名是肺結核與脊椎慢性骨炎。

我想一定沒有人能夠預測，今後在自己人生旅途中所會發生的事吧！我今年六十五歲，雖然已經活了六十五年，早也應該習慣活著這檔事了，可是老實說我還眞不習慣呢！人就是這樣。明天將會發生什麼事情，也應該要讓人事先知道吧！如果我們要學一項技能或本領，大概都會對它漸漸瞭解。但是生存這件事根本稱不上什麼招數或技巧，眞的很辛苦。天知道明天會發生什麼事，連一分鐘後會發生什麼事都無法掌握。然後，每次發生一件事就會驚訝得哇哇大叫，有哭泣也有悲傷。

原罪是什麼？

如果事先知道今後要躺上整整十三年，說不定早就絕望了。但是這些事情，神卻只會一天一天地慢慢給，眞是值得感激。正因爲祂不將十三年一次給我，每天早上我才能想著：「再忍耐一天就好了」。後來，我漸漸瞭解自己得的是慢性病，於是開始將一個月想成一天。不過就算將一個月視爲一天，一年有十二天，十年就有一百二十天，之後還得再加上三年呢！因此，即便把一個月當成一天，也是一段相當長的歲月，而在那期間我一直生病。

病倒之後遇上了許多人，後來自己也成了基督徒。雖然很想跟各位分享那段體驗，但即使成了基督徒，我對自己的罪仍是毫不自覺。

那一定是因爲對自身之罪的原始樣貌不瞭解的緣故。如果別人做的是壞事，那麼自己做了也是一樣。如果殺人是壞事，自殺也同樣是壞事。若要爲自己辯護，多少理由都編得出來，然而我們卻很少爲別人辯護。「爲什麼你會那樣做呢？不是老在自我吹噓嗎？」我們可能會一再責備，直到對方幾乎受不了，甚至跳樓自殺爲止。對別人我們就是那樣容易生氣。

那正是以自我爲中心的典型樣貌。我聽說，像這樣的自我中心正是罪惡的源頭，也就是原罪。能夠饒恕這罪的，就只有耶穌基督一位而已，我們就是憑著相信這點在過生活。信賴耶穌這件事所指的，並不是只要我們做了好事就會得到寬恕，而是如果我們眞能夠打從心裡說出「我犯了罪」，那麼能夠饒恕我們的，就只有耶穌基督而已了。

磨難竟是祝福

有一次，水野源三先生寄了他的作品給當短歌評審的外子。水野源三先生從小就口不能言、手不能動，雖然臥病在床卻仍然熱心傳教。在他的臥病生涯中，臨終前做了這樣一首短歌：

「幾度もありがとうと声に出して言いたしと思いきょうも日暮れぬ」
（一天就在好幾次想說出謝謝之時結束了。）

我們雖然可以說話，在生活中是否也像他一樣，有好幾次想說出「謝謝，謝謝」的時刻呢？我想表達的是，「認識基督的人生」不就是這種優秀的人生嗎？此外，像矢部登代子女士也是一樣。我曾經問某人：「可不可以介紹一位臉上閃耀著光芒的基督徒給我認識呢？」得到的答案馬上是：「矢部登代子女士。」矢部登代子女士明明天天臥病在床，臉上怎麼可能閃耀著光芒呢？那是因為她知道耶穌的愛。「就是這樣的妳，很好呀！」神就那樣接受了她。眼睛看不見沒關係，沒有特殊才藝也沒關係，那些小事情都無所謂，「你對我而言是重要的，你是我的愛子」，我們就這樣完完整整被接受了。矢部女士會那樣，是因為心中有平安，知道賜予永生的造物主存在。她的想法真是偉大。

連癌症都給了我

就連像我這種隨隨便便的人，在得知罹患癌症時，也覺得非常平安。心中想著「說不定神特別偏愛我呢，才會在給我各式各樣的疾病後，最後連癌症都毫不保留地給了我」。我一直到患了癌症，才能真正體會到，原來主一直留心注意著我。於是，一股從前無法理解的極大喜悅與平安，充滿了我的心。

我們總會遇上各式各樣的困難。雖然困難重重，對我們而言究竟是好是壞？

這個問題可能會影響到各位的生命觀也不一定。

在此，我想再提一次長島愛生園的精神科醫師神谷美惠子女士，在二十一歲時到療養院參觀後所作的詩。請大家想想，一位二十一歲的年輕女孩在見到那些眼睛糊了、指頭沒了、聲音也發不出來的痲瘋病患後，究竟會作何感想？很抱歉，不過如果是我的話，恐怕連去那裡的勇氣與愛都沒有，說不定連正眼都不敢瞧。然而神谷美惠子女士去了，並作出了以下這首詩：

「どうしてこの私ではなくてあなたが？
どうしてこの私ではなくてあなたが？
あなたは代わってくださったのだ。
あなたは代わってくださったのだ。」

（為什麼不是我們而是你呢？
為什麼不是我們而是你呢？

生命中不可缺少
的是什麼？

是你頂替了我們吧！
是你頂替了我們吧！）

在見到那些弱小、痛苦或正在受苦的人，如果我們能夠像她一樣萌發「是你頂替了我們」的心，那便是眞正的愛了。並不是我們爲你做事、給你方便，而是應該懷抱著「是你頂替了我們」的謙遜態度。神透過各式各樣的管道，告訴我們祂眞的深愛著人，如果能夠瞭解這點就更幸福了。在此我想告訴各位，愛與相信的重點。如果眞正認識了神的愛，說不定我們也可以像矢部登代子女士或神谷美惠子女士一般，在光輝中走完這一生。

雖然這樣講，我自己卻還差得遠呢！每天還是有說不完的缺點讓外子不停叨念。

第五章 驢駒老師教我的事

生命中不可缺少
的是什麼？

人與人之間的邂逅

每次想起芳賀老師，總叫我再三思索，究竟什麼是人與人之間的邂逅？什麼又是眞正的相遇……等問題。我也曾在其他場合中多次提到，芳賀老師小學二年級的時候正逢戰爭，每天都抱著想死的念頭。今天天一亮就想死，明天天一亮依然想死。一個小學二年級的孩子竟然如此想死，可見他過的是多麼痛苦的每一天，而令他受苦的原因卻只在於他的外國血統。後來有一天，當老師又被欺負他的孩子包圍時，有個男孩出面拯救了他。從那一天開始，少年芳賀便開始有了求生意志。

聽了這個故事後，我深深覺得兩人不過是孩子，就算僅僅發生了一次，就算相遇的時間短暫，人與人之間的邂逅卻眞實存在。不認識榎本保郎先生的人，想必無從得知榎本老師是怎麼樣的人物。他有的時候會板著一張臉，看起來就像在生氣。第一次見到他的時候，他可是連一絲笑容也沒給我呢！然而當他眞正微笑的時候，就算不說一句話，也會讓人完全融化，帶給對方相當大的溫暖，叫人感覺只要爲了榎本老師，就算赴湯蹈火也在所不辭。那一定就是所謂打從心底發出的微笑吧！榎本老師就是那樣的一個人。

現在，就讓我來爲大家談談這位老師吧！

會點燃心火的書

昭和四十四年（譯註：西元一九六九年），我因爲懷疑自己罹患子宮癌，而前往札幌的天使醫院。外子不放心，也跟著我從旭川來到了札幌。關於這件事，我在《驢駒老師物語》一書的開頭提到過。

由於接受檢查的那段時間，三浦得待在那擠滿女性的候診室，我覺得他很可憐，便問：「在這裡會不會覺得很不好意思？」三浦回答：「不要緊的，我會在這裡讀這本昨天剛寄到的書。」那時我原本想：「人家說不定是得了癌症，你卻在那裡看書？」可是轉個念頭，又覺得他應該是爲了安慰我才那樣說的，於是便進了檢查室等待，當時還有幾個人排在我前面等著。

檢查的結果是必須接受更進一步的精密檢查，這可不是什麼叫人高興的結果。我一邊想著：「又得讓三浦多等一會兒了，因爲精密檢查要到下午才會開始」，一邊走向三浦待的那間候診室。一進去，看到三浦正全神貫注地讀著手中那本書。當我靠近他時，一般人的第一句話應該都是「怎麼樣」吧？但是你們猜三浦說了什麼？他說：「綾子，這本書很棒！你也讀讀看。」眞叫我怒氣衝天。我已經結婚二十八年了，幾乎沒有發過脾氣。和這麼溫柔的人結婚還發脾氣，那就太奇怪了。

可是，那個時候我心中有個聲音：「等一等。」爲什麼呢？當我在特別病床上左右動彈不得，身旁還擺著尿桶，且整整躺了七年時，三浦來到我身邊，無止境地等待我的康復，更在五年後娶了我。在那之前，他從未和女生握過手，可說是個夠資格擺在博物館展示都不會太奇怪的罕見人物。更何況天天和他生活在一起，我早就知道他是個多麼偉大的丈夫，又是個多麼溫柔善良的人。然而他卻沒有問我「怎麼樣？」反而說：「綾子，這本書很棒！你也讀讀看。」

我正要發脾氣時，忽然想起了吹田的牧師川谷老師。老師曾在某次講道時說過：「如果連自己的壞脾氣都治不好，就不能算是個成年人，那是還沒有長大的證據。」我雖然心裡不高興，但認爲自己應該勉強還算是個成年人，於是想：「在他內心一定有什麼事發生了吧？」那麼在我進入檢查室的那段短短期間，究竟發生了什麼事呢？畢竟三浦是個連無法生育又比他大了兩歲的我都願意娶的人，我不應該懷疑他才對。

沒辦法，我只好小里小氣地告訴他：「那個……醫生說必須要接受進一步的精密檢查。」三浦聽了之後並沒有說「眞糟糕」，反而是：「沒關係，沒關係。就算是癌症，也讓我們向神祈求治癒吧！」、「不管是感冒還是癌症，對神而言都能夠治癒，是再容易不過的事。」讓我也跟著覺得：「是呀，這話倒是沒錯。」那時，三浦所讀的書就是榎本保郎老師的著作。但是那本書可沒留給我什麼好印象，我在心中賭氣：「那種書我才不看呢！」

後來我還是讀了那本書，讀了之後，就完全瞭解當時三浦心中燃起火花的理由了。讀過這本書的人，不管是在高中生的聚會、志工團體、咖啡館或是老人之家，全都成立了帶著「驢駒」字眼的團體。在老師帶領的京都世光教會裡，有五十多個高中生聚集在一起，每個人都喜愛教會勝過回家，常常在那裡專心和老師談話。雖然如此，孩子們也不會因此荒廢學業，甚至還因爲老師的影響而誕生了許多新牧師。所以，這本書就算是給高中生讀也會引發心中的感動，志工團體的人讀了更是如此。至於連老人之家都會有人因此成立團體，就表示老師是眞的將年長之人視爲瑰寶吧！

有一位年過八十的老婆婆（其實不管幾歲，我實在不太喜歡把女性稱爲「老婆婆」，因爲自己不也接近那樣的年齡嗎？）在她陷入臨終的危險期時，有人問她「想見誰？」得到的答案不是兒子的名字，而是「榎本老師」。此外，還有一位老太太親手爲榎本老師縫了專用椅墊，不准老師以外的任何人碰。可見老師眞的很受愛戴。不認識老師的人應該也看過電影《男人眞命苦》，能夠感受到劇中男主角「寅次郎」所散發出的溫暖吧？我在看那部作品時，總覺得他眞像榎本老師。

不知道爲什麼，只要心中想見榎本老師，就會不由自主地去看「寅次郎」的電影。

準備好三條手帕再讀

讀過那本書後，在我心中也熊熊地燃起火來。那本書是一位優秀的已故基督徒仲綽彥先生主辦的聖燈社出版的。它有相當多的讀者，也點燃了許多人的心火。

我的《驢駒老師物語》就是取材自這本書，希望大家也有機會讀到榎本老師的著作。老師目前已轉調到今治市（愛媛縣北部）的教會，所以書中提到那裡便結束了。然而，只要提起那段他在今治教會的最後部分，簡直就是淚水上加淚水，最好先準備三條手帕再讀。那眞的是一部足以打動人心的偉大著作。不過，雖然我在讀完那本書後深覺是一部優秀作品，卻也同時認爲，若能更著墨於描寫與老師甘苦與共的和子夫人的生平點滴，豈不更好？

於是在我心中萌發了一個念頭，想向榎本老師提出我的要求：就算不是現在馬上實行，也想先取得老師的同意——讓我把他的故事寫成小說。而就在我有那樣想法的時候，竟然從今治來了一通想請我過去演講的電話。我二話不說馬上答應，一直到現在還清楚記得自己簡直要飛上天般，高高興興地飛奔到今治的樣子。

從那時起，也不知是否我倆特別投緣，我們成了親近的好友。不過大概所有認識榎本老師的人，都會說出「老師和我特別親近」的話來吧！就算有人覺得和我們一點兒都親近不起來，只要和榎本老師一接觸，就會覺得「老師和我特別親近呢！」心中有愛的人就是如此，能夠讓人產生那樣的感覺。不管是和誰在一起，榎本老師總是不停付出既豐富又體貼的愛。所以關於他是不是和我特別親近這一點，雖然沒辦法有客觀答案，不過我們倒眞的成了好朋友。

「驢駒」的意思

在這裡，想爲第一次聽到「驢駒」一詞的人做個說明。驢駒所指的就是小驢子，耶穌要進耶路撒冷時，要門徒們去個地方，將小驢子牽過來給自己騎：「那裡會有一匹驢駒，去把牠解開，牽過來。」

耶穌要的是還沒有人騎過、弱小的驢駒。

我每次讀到這裡總會覺得相當不可思議。究竟爲了什麼，耶穌需要那匹從沒被人騎過、又沒啥力氣的小驢子呢？身強力壯又有豐富載人經驗的大驢子不是更好騎嗎？然而耶穌愛的卻是那匹小小的驢駒。榎本老師說自己就像那匹驢駒，雖然身小體弱，但只要耶穌吩咐一聲，不管身在何處，他都一定飛奔而至，好去背負耶穌。也就因爲這樣，老師稱呼自己爲驢駒。馬還可以當軍用馬，但驢子是不可能上戰場的。因此他認爲驢子是和平的象徵，而榎本老師的一生也正如同他的信念：只要耶穌召喚就馬上飛奔而至。那本書忠實呈現了老師的心思，我認爲書名可以使用「驢駒」這個詞，就取名叫《驢駒老師物語》。

我經常提起的矢部登代子女士，從十或十一歲的時候就因病趴在床上，一直到現在也已經年過五十了，但她的面容卻總是閃閃發光。矢部女士是一位有著明亮的漂亮雙眸與美麗面容的基督徒，經常被人以擔架抬上講台，對大家講述耶穌的事情。她本人雖然沒上過小學，卻從很年輕的時候就開放自己的家，還辦主日學，很多大學畢業的孩子都成了她的學生。不僅如此，她雖然長年臥病在床，有一座教會卻也因了她的信德才能順利興建。一直到今天，她還是忙著四處奔波，到各地巡迴演講。

我覺得矢部女士也是一位「驢駒」。她並不會藉口說：「我動彈不得，沒辦法到那麼遠的地方去」，而是高高興興地由志工抬著到處跑。只要能找到人幫忙，不管什麼地方她都願意去。有一次，她也曾光臨我住的北海道旭川，還在寒舍待過一夜。有心想爲主耶穌做事的人，應該就眞的能夠成爲驢駒吧！

不為前途而說謊的人

驢駒老師榎本保郎在二十歲的時候離鄉參戰，等到他從滿州（中國東北）回來時已經二十二歲了。當時的老師完全失去了活下去的意志。

對那個年代不瞭解的人或許會問：「爲什麼會因爲戰敗就失去求生意志呢？」當一個人拚了命地參加戰爭，並拚了命地努力後，卻見到自己曾經做過的所有事物，在一瞬間失去意義、崩潰瓦解，我想無論是誰都會有空虛的感覺吧！從戰場回來的士兵中，有些人患了「復員崩潰症」，甚至還會有人拿石頭扔他們：「戰敗了還有臉回來！」這些人竟如此報答那些爲國奮鬥的人，我眞不知道是不是該稱之爲不知感恩圖報。不過，就算人群中也有知道感恩的人，但社會氣氛卻是嚴重傾向批判退伍軍人。在那樣的氣氛中歸國，榎本老師眞的完全喪失了做事以及活下去的力氣。

回家十日後的一個下雨天，明明到了上學時間，弟弟們卻遲遲不出門。老師憤怒地對他們大吼：「快去學校！」出征之前，他是個不會粗聲粗氣的溫柔哥哥，但在回家之後，卻變成一個會無故發怒、甚至動手的人。

然而弟弟們卻不吭一聲，就算他吼著「還不快去？時間早就到了！」他們也依然保持沉默，靜靜地凝視著屋外。怒火上升的榎本老師於是動手毆打了他們。

這個時候，慈祥和藹的母親終於開口：「我們家窮，你爸爸又病倒，只能靠著勝美姊姊的工資勉強餬口。因為沒錢，買不起鞋，也買不起雨傘，但是他們卻不敢告訴你，因為不願意讓哥哥操心。他們可是咬緊牙關在挨揍，所以你就別打了！」

那是多麼難堪又無法忍受的一件事。就算他因弟妹們的體貼與忍耐，而感到自己的無力和辛酸，卻也沒因而改變主意出門找工作。可見他當時受到了多大的打擊，簡直可以稱之為病態了。

那個時候，有一位姓高崎的哲學家在附近做算命生意，與老師交往甚繁。在他書架上有兩本講述基督徒歷史的書，老師於是將它們借回家閱讀。那是因為老師從軍時的好朋友，奧村光林先生是基督徒（後來成了京都銀行常務董事），從前就常對他講述關於耶穌的種種事情。

基督徒在軍隊中是沒辦法當上軍官的，但奧村先生卻從不諱言自己是基督徒，並深深引以為榮。雖然上級諄諄叮嚀囑咐：「考試的時候你可別說出來呀！」然而當准考官問「你的信仰是什麼？」時，奧村先生卻毅然回答：「我現在是神學生，將來要當神父。我是一個基督徒。」就因爲這樣，原本成績高居榜首的他一下子掉到第三十五名，驢駒老師便順理成章地補了那第一名的缺。

那時，榎本老師受到了相當大的震撼，覺得這個不爲自身前途說謊的人，才算是個眞正的男人。他在奧村先生身上，見到了從未在別人身上發現過的東西。正因爲受到這份感情影響，才會驅使他將那兩本講述基督徒歷史的書借回家。

兩本書讀完了，書中當然有描述著名的長崎二十六聖人④的章節。聽說榎本老師從小就是個愛哭鬼，上小學的時候，只要級任老師開始講述那一部分的歷史，愛看好戲的同學們便會目不轉睛地盯著他瞧，因爲知道男孩榎本馬上就要哭了：「開始了！開始了！」從前的榎本老師就是那麼一個愛哭的孩子。

教難發生當時，官吏會用點心引誘空腹的孩童：「你只是個小孩，就別堅持說有天國，也別說有神。快把這點心吃下去吧！我給你點心吃，可是你得說『我不信有神』喔！」然而，那位才三、四歲的幼童卻毅然決然地拒絕：「不！與其

4. 一九五七年發生於日本的天主教教難。豐臣秀吉下令禁教，有二十名日本人、一名葡萄牙人、五名西班牙人被處死，他們在大阪被逮捕，在長崎被釘上十字架。

吃了你的點心下地獄，還不如空著肚子進天國，到主耶穌身旁才能叫我更歡喜。」讀到描述這段基督徒殉道歷史的時候，榎本老師想必已淚流滿面吧！此外，被釘在十字架上還不停講道的三木保祿更深深打動了他。他於是決定這就是自己該走的路，一邊以進同志社大學為目標，一邊在這所大學神學院旁聽課程。老師在這方面的行動力真強。啪！啪！啪！三兩下便決定了。

於是那個曾待在家裡動也不動、更不願意出門工作的老師，成了神學院的學生。因為他認為只要進了神學院，一定可以在同志社大學的校園裡，找到很多有著如同書中基督徒般信德的教授與同學。當時老師寄宿的房東太太可是這樣告訴他的父親：「我們家住過各式各樣的人，不過，像榎本先生那樣認真用功的，還是頭一個。」

然而事實卻叫他失望不已，他因此飛奔似地逃離了校園。因為想自殺，便離開學校，從此銷聲匿跡。

在那之後發生了種種事情，最後因為老師家鄉在淡路島，便來到了淡路島的福良教會。教會中有很多優秀的信徒，老師於是跟著參加了有生以來第一次的祈禱會。那場祈禱會是每個人坐著輪流祈禱。大致上說來，只有信徒才會去參加祈禱會，就算是信徒，也是特別熱心的人才願意去，像我這種人是不太參加的。從前倒是常常參加，不過現在幾乎不去了，可能跟自己的身體狀況不好也有關係吧！

話說回來，輪流在大家面前祈禱這件事，連信徒們也不見得喜歡。榎本老師雖然初來乍到，也跟著一起祈禱，然後禱詞講到一半就卡住了。這是常見的事，就連我們也會有說不下去的時候。榎本老師卡在那裡，情急之下便說：「撤回！」「撤回」是軍事用語，指的是「一筆勾消」。一聽到榎本老師大喊「撤回！」在場的所有人都笑了。老師於是接著說：「撤回！我第一次來聚會，什麼都不懂，主啊！請萬事照顧並多多指教！」

目睹了這一幕，在場有位看來信德堅定的老先生，以溫暖的禱詞為榎本老師做了一番祈禱。容易受感動的老師感謝了又感謝，隔沒多久到老先生家中拜訪。在那家中有位美麗的千金，也就是後來成了牧師夫人的和子小姐。我花了很大功夫，將老師與和子夫人相遇的那一幕寫成小說。因為同時重現已故（榎本老師）與依然活著（和子小姐）的兩人的故事，可是件相當不容易的事呢！

對最親近的人誠實，最難

寫小說時眞正叫我深受感動的，是榎本老師寫的求婚信。在一般的求婚信裡，不是「我喜歡妳」、「妳的眼睛眞美」，就是「請做我的妻子好嗎？」之類的文辭。然而，就算你將榎本老師的求婚信從頭讀到最後，對於他究竟寫些什麼，依然叫人摸不著頭緒。還好老師在第一行就開宗明義地註明：「這是一封求婚信」，讓我們才好不容易抓到他的主旨。然後信中竟然有個講述「成爲牧師妻子的心理準備」的部分：「當男人必須上十字架時，女人要能將所愛之人推上十字架。我認爲唯有在那裡才會有崇高的愛情。絕對不能將男人從十字架上往下拉。和子小姐，憑妳的信德一定辦得到這一點。」

如果各位收到這樣的信，怎麼辦？不過幸好收信人是配得上這封信的和子夫人。如果是綾子，一定早就一口拒絕了，呵呵！

我說這些其實是自尋煩惱，反正沒人會寫給我這樣的信。

雖然說結婚這件事需要經過相當認眞地考慮，不過我從沒想過，世界上有人會認眞到這個程度。經過多番思量考慮後，和子小姐接受了他的求婚。但在那之後，緊接著寄到的第二封信才更驚天動地呢！

在京都的元町教會有一位優秀的好牧師——中山老師。當年榎本老師上同志社大學時就寄宿在他那裡。當時老師尚未領洗，卻以基督徒自居。也就因爲這樣，中山牧師對立志要當牧師的青年榎本說：「你並不知道什麼是罪。」被這樣一講，榎本老師可就不高興了，生氣地說：「我知道什麼是罪！」中山牧師接著問：「你曾經向別人告解過自己的罪嗎？」老師回答：「只要向神告解不就好了嗎？」中山牧師便耐心地對他諄諄訓誡：「那麼，你並不瞭解罪的苦悶與掙扎。請把它具體的寫出來，放在神與人面前，如果不那樣做，你的罪是無法被寬恕的。罪過的告解是非做不可的。」於是榎本老師心想：反正要信教，乾脆就將所有的事全招了，恐怕也得這樣才能獲得眞正的諒解吧！中山牧師不也說，如果不願意在神面前眞正懺悔，就表示還有潛藏在黑暗處的罪存在，況且不想讓那罪公諸於世，本身也算一種罪吧！聽到這裡，我覺得中山牧師眞是了不起。

在那之後，榎本老師終於願意認眞看待這件事，便開始提筆寫信。第一封信寫給教授。教授是給自己打分數的人，他當然希望能有好成績。然而，信中還是具體地將自己大大小小的事全寫了。第二封信寫給父母。一般而言，我們有相當多的事情都瞞著父母，父母親看來最好說話，卻也最不容易說話，但是老師依舊寫了。

最後，第三封信的對象便是和子小姐。這樣的信，一不小心就會造成被父母疏離、被教授輕視以及被戀人拋棄的後果。可是榎本老師還是眞心眞意地努力寫了。書信寫好了，卻鼓不起勇氣把它丟進郵筒。剛要放進去就又抽回來，再試著放進去卻又縮回來，在郵筒前反反覆覆地不知站了多久，直到有人忍不住問：「喂！你在那裡幹嘛？」時，才「砰！」地一聲，終於信進了郵筒，萬事休矣。

令我最感動的就是這個地方。爲什麼？因爲那是自己絕對辦不到的事。

就連只對著神出聲祈禱時，我都會胡言亂語，盡說些不管誰聽來都會一頭霧水的禱詞：「請寬恕我的罪，包括那些我沒有意識到的、不知道的，以及遺忘掉了的罪」，並試圖湮滅證據。

我真的覺得人生來就是不喜歡認罪。明明是個不愛認罪的人，榎本老師卻公開了自己的罪行，甚至寄出了三封信。從這認真的態度上就可以看出，老師真的將全部的自己託付在上面了。

榎本老師稱自己爲驢駒，那可是一句不簡單的話。老師是認真的，因此當去美國的要求一到，「驢駒」便欣然去了，因爲那是爲了饒恕自己罪行的神而去的。當時老師身體的狀況並不好，連上個樓梯都得趴在地上手腳並用，才能好不容易爬上去。然而他卻願意遵從神的旨意去做。這樣的榎本老師在十年前過世了。

老師真的相信，被釘在十字架上的主耶穌爲我們贖了罪，也因此寬恕了自己犯的罪。我衷心期望各位，也能早日與驢駒老師背著的主耶穌相遇。更希望人人都能成爲驢駒，將耶穌背在背上，並遵循耶穌握在手中的繩，過今後的新生活。如果眞能如此，我一定會很高興的。

第六章 用生命寫小說

生命中不可缺少
的是什麼？

家裡沒書的愛書人

有人問我，身爲基督徒卻寫小說，會不會與犯罪互相矛盾呢？舉個例子來說，在小說中讓書中人物做出偷竊、殺人、通姦……等事，雖然不至於因此被判下獄，但是安排那樣的情節，豈不違反自己的良心？有人因此爲我擔心。

我得說，自己從來就沒像那樣被自己的小說綑綁過。若有人問起寫小說的最終目的，我會不加思索直率地回答，就只爲了傳達「主耶穌是我們人類的救主」這件事。而我總希望在我的讀者群中，就算只有一個人也好，能夠因此相信眞正的神。不過聽我這樣說，一定也會有人不高興：「哼，才不要看那個三浦寫的小說呢！」

我的手因爲生來就細，沒辦法發揮眞正的機能，連字也不太能寫。所以總是夾著一張大桌子，讓三浦坐那邊，我坐這邊，等他打開稿紙，我就開始講。

我說：「於是，他說……」，對面的三浦便寫下「於是，他說……」。

這事可不簡單，得一邊回答「嗯、嗯」，一邊將我所說兩行左右的話記於腦中。而他手上寫的卻是之前就已經講過的部分，並將我現在所說的那段話先「嗯、嗯」地聽下去，等到後來才寫，那簡直就是特技表演。我曾在國稅局調查稅務時順帶打聽過，如果眞要請專人來做這樣的工作，一個小時得付六萬日幣，讓我覺得自己嫁了個很會賺錢的老公，不過我可沒付那筆錢。雖然這樣說，其實他也不算是完全沒有報酬啦！

在這裡我想岔開一下話題。我大概是從五歲的時候開始看書。不過，不曉得爲什麼，我們家並沒有繪本。就算有書，也只有厚達三公分、幾乎沒有任何插圖的書，文字則以平假名爲主，偶爾摻雜著片假名。我記得一句書中的描述：「蝴蝶翩翩起舞，往黑暗的樹林裡飛去」，不知爲何我特別喜愛這個句子。與其說是喜愛，還不如說是被迷住了一般，眼前還會浮現著那一幕風景。當時的我並沒有見過眞正的樹林，或許聽誰描述過，才對這句話特別有印象吧！優雅的白色蝴蝶往樹林深處飛去，往那群木林立的陰暗處飛去。那隻蝴蝶還會再從樹林中飛出來嗎？抑或是就此一去不回？這個問題永無止境地環繞著我的心。究竟該稱它爲不安，還是優美的幻想呢？總之我的心在五歲時被文字擄獲。

我們家有十個孩子，其中大哥以文史郎做筆名發表過詩。而講起二哥菊夫，大家可能會覺得我的臉不太有說服力，不過他眞的很英俊。我後來見到二哥寫給未來二嫂的信時，心裡想著如果宮本武藏寫信給阿通（深愛宮本武藏的癡情女），那信一定就像這樣吧！大家懂我的意思嗎？就是那樣的感覺。

姊姊的名字叫百合子。百合子和我比起來，簡直如同天仙般地美麗。大約是女校剛畢業的時候吧，我只要和姊姊走在一起，所有的男性無一例外全都癡癡地望著她。我總覺得就算是順水人情也好，也應該順帶朝我這裡瞧瞧吧，然而卻幾乎沒人願意看我。姊姊就是那樣一個大美人。她進了和歌詩人近藤芳美老師的門下當弟子，也曾出版過詩歌集。相較之下我們家應該算聚集了很多愛好文學的人，但奇怪的是，不知爲何家裡就是沒有書。

提起書箱，我們家倒是有一個蘋果箱大小的木箱子。因爲家中有十個兄弟姊妹，便由三個哥哥共用那個箱子，其實也不過是放些課本罷了。

這樣想想，書架在我們家是不存在的。不但沒有書箱，也沒有書架，更沒有稱得上是書本的東西。那我們小時候看的書都從哪裡來？全都是借來的，爲了經濟上的理由。

我覺得家裡應該不是完全買不起書……。不過說句題外話，在小孩提出要求之前，爸媽就說：「應該讀這個，應該讀那個，買全集好了！」給了一大堆書的話，孩子究竟會不會把它們全讀下去呢？我們家雖然沒有一本書，但如果《少年俱樂部》月刊今天寄到隔壁鄰居家，明天應該就可以去借了；或是去某某人的家，就可以借到格林童話……等等，我們掌握左鄰右舍的藏書，就如同自家圖書館般瞭若指掌。因此，從小就被鍛鍊出想讀書就去誰家借的強韌精神。我們家孩子多，父母卻只有一對，當年想必家計艱難。不像現在，因爲孩子生的少，父母應該比較有能力買書。

閱讀帶給我的震撼

三浦的哥哥是個園藝設計師，他提到過，如果要促使插枝生根，就不能直接給插枝澆上太多的水，而要在遠處澆水，讓那棵植物獨立，爲了吸水而努力長出根來。唯有這樣做，才能讓插枝長成一株眞正的好樹。我們家雖然很窮，從來沒錢買過書，不過現在想想，卻覺得那樣反而好。爸媽已經爲我們買教科書，只不過沒買課外書罷了。

在那個年代，有很多作家努力創作出叫人深受感動的好書，像是爲少年少女創作的佐藤紅綠或吉川英治……等等。其中寫出最感人作品的，就屬小說家佐藤紅綠。比我年長的長輩們應該很懷念這個名字吧?!他也是作家佐藤愛子的父親。透過佐藤紅綠的小說，小小年紀的我因而了解：原來小說是會感動人心的東西。

徬徨少年時

小學畢業的時候，不記得是誰給的，總之我手上有了一本赫曼・赫塞（Hermann Hesse）的《徬徨少年時》（*Demian*）。我還記得自己將這本書讀了整整五遍。一本文庫書（口袋書）被讀了五遍，很快就變得又破又皺。

《徬徨少年時》描寫一個名叫辛克來的少年，在戰場上以手稿方式將自己的生涯記錄下來的故事——一個年僅十歲的男孩竟能寫出自己的內心。讀那本書的時候我剛從小學畢業，對於一個和自己年紀差不多的孩子，竟可如此深省內在的自我，而感到相當不可思議。書中的主角雖然在高雅的上流家庭長大，卻暗自欣羨著不道德的行爲。明明沒當過小偷，卻口口聲聲說自己偷過東西，也因此遭到較年長的壞朋友們脅迫。像這樣的情節雖然在日本也有，但眞正叫我著迷的，卻是書中經常出現的《聖經》、教堂、與「該隱」一詞。在書中會不停地看到「該隱的記號」、「帶著該隱記號的男孩」等描述。⑤

5. 譯按：該隱，天主教譯名爲加音。關於該隱殺了自己弟弟的故事，請參照《舊約聖經・創世紀》第四章，或見三浦綾子：《《舊約》告訴我的故事》，2015 年，星火文化出版。

那本書在我心中引起震撼：歐洲的孩子們竟然從那麼小的年紀開始，就對罪、永遠、人生等議題進行討論，並因此成長。這究竟是怎麼一回事？

上了女中，我讀的是托爾斯泰、杜斯安也夫斯基、安德烈・紀德（Andre Gide）……等大家普遍會讀的作品。其中，讀安德烈・紀德的《田園交響曲》時也深受震撼。內容敘述一個沒有父母的孤女，不但雙眼失明，又髒、又沒教養，叫人完全拿她沒辦法。少女後來被一位牧師收養，於是漸漸變身爲一位外表乾淨、又有涵養的女性。不但是牧師的兒子，連收養她的牧師，都不由自主地愛上了她，當然，牧師夫人因此煩惱極了。後來爲了讓女孩恢復視力，牧師便帶著她到醫院動手術。手術的結果相當成功，女孩重見光明了。大家猜猜看，那位眼睛看得見的美麗女孩後來怎麼了？她自殺了，原因是看見了失明時看不到的東西。我讀到這裡的時候心裡想：「哇！小說眞的很厲害！」能夠將價值觀改變的瞬間呈現在我們面前。藉著這些小說，我將從前對小說一向抱持的固有觀念一一粉碎，某種新的東西開始在我心中漸漸成形。除此之外還有一點，只要讀那些書，書中就一定會提及神。

就算讀日本作家夏目漱石的作品《三四郎》，裡面也曾經提及教會，並引用過《聖經》。譬如《聖詠》第五十一篇「因為我認清了我的過犯，我的罪惡常在我的眼前」，在《三四郎》裡就藉著一位名叫美禰子的女性之口說出。總之，如果沒有足夠基督宗教的背景知識，實在無法眞正地讀懂文學。繪畫也是如此，不懂《聖經》的話便難以深入瞭解。藉著這些東西，我的視野漸漸開了。女校畢業後，我當了七年的小學老師，在那期間幾乎沒看書。因此我並不算是個文學少女，眞正的文學少女一定會在那時期拚命閱讀、拚命寫作吧！

死亡逼迫我張開眼

後來日本戰敗，我也得了肺病。像療養院這樣的地方，如果稱之爲文化的發祥地，恐怕也不爲過。所謂的療養文學如百花盛開，不管是短歌、俳句、小說或散文，全都在面對死亡與不知何時治癒的不安中，如雨後春筍般地相繼誕生。

當年的肺結核就像今天的癌症，被認爲是絕症。因此患了肺結核的人總是手牽手、肩並肩地團結在一起，共同認眞看待自己或許短暫的人生。不管看書、寫作或交談，總會帶著「就算只是雪泥鴻爪，也想在這世上留下點什麼」的心態去做。

戰後我的老師是尼采、是保羅・沙特（Jean Paul Sartre）、是卡繆（Albert Camus）、更是三木清的《人生論札記》。在這些作品中，我又見到了許多文學青年看待事物的態度，也認識了一些從十四歲就開始讀尼采的天才少年。那些孩子的病早已痊癒，現在或當了大公司的董事，或進了大學任教，就算想見他們一面，恐怕他們也湊不出時間來吧！

在那樣的環境下，肯定有什麼東西漸漸被培養出來，而那個東西也就是我在寫小說之路上不可或缺的寶物。療養院這種地方是很嚴苛的，貧富差距一目了然。和現在不同的是，當時的病患得從自己家裡帶棉被過去。誰用的是好棉被、誰用的又是壞棉被，只要瞄上一眼就原形畢露，連身上穿的睡衣也是如此。此外，只要患了有「吃錢病」之稱的肺結核，便極其容易因那花錢的慢性病，而遭家人離棄。常有病患家屬來到療養院對他們說：「全都是因爲你的病，家裡的日子才會過得那麼辛苦。」另外也會有帶著離婚證書來逼迫太太蓋章的丈夫：「你的病不知道拖到什麼時候才會好，所以還是分手吧！」

不管喜不喜歡或願不願意，那樣的人生百態依然不停地在你眼前上演，永不落幕。曾經有一個人，在父親來訪後的第二天凌晨消失無蹤，怎麼找也找不到。最後，好不容易才在療養院後方的小溪裡，發現他倒臥在淺灘中的屍體，但那條小溪僅能淹至腳踝。醫生曾經說過，那個病患的身體原本就相當虛弱，連把臉浸到洗臉盆中，都可能導致休克死亡。那個可憐的人因爲想死，便大老遠走到有點距離的小溪邊，爬上堤防往下跳，也眞的死在那裡了。或許正因爲這些發生於眼前的種種事件，讓我因此學到了不少東西。

感受他人之痛苦與寫小說很合

曾經聽過一個說法：只要想寫小說，就不可能對發生在人身上的事件視若無睹。就算事情發生在世界最偏遠的不知名角落，只要有人正在那裡受苦，只要有人正在那裡傷悲，小說家也一定要有足以感同身受的靈魂才行。

假設這裡有Ａ、Ｂ兩條道路。某人選擇走上Ａ路，後來卻遭人毆打致死。選了Ｂ路的人對Ａ路上所發生的事毫不知情，於是繼續往下走。曾經有位年輕人問我：「在這樣的情況下，難道因爲對事件一無所知，就可以免除責任嗎？」當時我回答：「因爲眞的不知道，所以也沒辦法吧！」聽完我的話，那位年輕人便一語不發地離開了。

後來我才發覺，人的存在其實是連帶性的。光只是說說「雖然有人死了，不過我並不知情，所以根本不必負責。」究竟能不能解決事情？這是我們必須思索的一個大問題。而回答：「啊？那種事……哪有時間去想那些有的沒的。」的人就另當別論了。我在這個問題裡感受到某種相當沉重的感受，這應該也是寫作生活中需要有的態度吧！

因爲自己與歐美文學接觸的時間很長，我總覺得構成小說最重要的條件，應該是擁有一副穩健的骨架與主題性。因此在寫小說時，我會留心組織故事的結構與主題。對我來說，若想抓住主題，到教會去實在是個好辦法。舉例來講，當牧師提到「愛你的敵人」時，我便會開始以自己的想法去想像「叫我們去愛敵人究竟是怎麼一回事？」

小說〈井戸〉

在我尚未有寫作的念頭時，發生了一件叫人永生難忘的事。當時我結婚剛滿兩年，隻身到某市去拜訪朋友。

久未見面的朋友看起來很幸福，夫妻感情融洽、經濟狀況也不差。那時，做丈夫的正準備要考駕照，曾經當過小學老師的朋友於是努力地一邊畫圖、一邊教他：「這裡……有這個……在這條路上要怎樣怎樣……注意這邊有標誌喔！」

「哇！眞棒的夫婦！」我在旁邊看了不禁這樣想。不僅如此，她的兩個孩子也都天眞可愛。我在那裡借住了一個晚上，朋友一直都是笑眯眯地，也沒見到她發怒或責備的樣子。於是我問她：「妳從不罵小孩嗎？」朋友回答：「嗯，如果有時罵有時不罵，反而會造成困惑，所以乾脆不罵。」眞叫我耳目一新。她又說：「我不想只憑感性教育孩子。」

此外，因爲她先生在附近的工廠當廠長，一天下來也不知道進出往返多少次。每當先生出門，朋友總會一路送到門口的玄關處，並對他說：「請小心出門。」光是在一旁看著，都足以叫我嘆爲觀止。

我一向認爲送老公出門這件事上，自己已經算是相當勤奮了。三浦從前在林務局上班，我送他出門時，總會站在那裡不停揮手，直到他搭的巴士從視線裡消失爲止，就算被人說「都一把年紀了還那樣」，也無所謂。然而朋友的行爲卻叫我佩服不已，感嘆世界上原來還有這樣了不起的人。我問她：「妳不嫌麻煩嗎？」她說：「當然麻煩。不過雖然麻煩，他卻喜歡我這樣做。」哇！眞是太酷了！「原來如此。原來愛就是意志力，意志力就有愛的表現。這個人眞的懂愛。」我不自禁這樣想。

隔天，當住了一夜的我正要告辭回家時，朋友忽然對我說：「那個……其實我有兩個情人……」、「兩個人都是丈夫的朋友。他們喜歡並憧憬的，就是我穿著圍裙的樣子，所以我並不會爲了跟年輕女孩較勁而濃妝豔抹」、「雖然說是情人，你只是個孩子，一定不會懂吧！」唉，我都已經結婚了，還被當成小孩子看。不過話說回來，就算現在一把年紀，也依然毫無長進吧！朋友繼續說：「我們在一起並不光只是喝茶聊天，或在咖啡館碰碰面而已，我們是眞正成年人的交往。」當時我心想：「眞的嗎？一定只是在跟我開玩笑罷了吧！」然而半年後，朋友卻忽然「從人間蒸發」，帶著一個國中剛畢業、在自家工廠工作的男孩離家出走。這對我眞是沉重的打擊。

人究竟是什麼？聽到朋友帶著剛從國中畢業的少年離家的消息時，我爲她掉了不少眼淚。她一定相當寂寞吧！捨棄可愛的孩子與丈夫，她所追求的難道只是感官上的刺激而已？在朋友的心中，想必再也沒有任何足以相信的東西了。後來，我將這個事件寫成一篇名爲〈井戶〉的小說，收錄在《即使在病中》那本短篇小說集裡。

小說〈奈落之聲〉

不管是陳年舊事，抑或發生於不久之前，只要曾叫我掛在心上的事情，最後總會變成小說。當我在礦坑之城——歌志內市當老師的時候，學校將三年級交給我負責。在那個人人早已改穿洋服的時代，有一個依舊身穿條紋和服的男孩轉進我們班。他手中握著爲數眾多的在學證明書：今天還在這個學校，明天就已經轉到別的地方去了，是個跟著父母的戲班四處巡迴的孩子。有一次，當我看著學生們練書法時，發現他的耳朵後面竟然還塗著沒卸乾淨的白粉，心中眞是大受震撼。直到那個時候我才終於明白，原來那孩子每晚都得塗抹著厚厚的白粉登台表演。

就這樣一天過一天，他從來沒有與朋友一起玩耍的時間，也從來沒有過眞正的知心好友。雖然與父母一起登台時被譽爲著名的催淚童星，也讓許多觀眾因此灑下熱淚，但是他自己的校園生活想必不快樂。後來，我將他的故事寫成一篇約一百張稿紙的小說〈奈落之聲〉，有幸受到《朝日新聞》的書評褒獎。這篇小說同樣被收錄在《即使在病中》一書中。

只要有一點點叫我掛心的東西，許多想法便會開始由那核心漸漸擴展出來。主角的父母親究竟是怎麼樣的人？左鄰右舍又住著怎麼樣的人？若以上述的男孩爲例，我便會一再想像劇團中有著哪些成員？他每天過的是怎麼樣的生活？吃的又是什麼樣的食物……等等。寫作時首先必須做到的，即是著迷於書中的主角，對他感到愛意。雖然自己的推測可能有誤，也可能並非百分之百的準確，但至少要做到將心比心，只要對方難過，自己也要到傷心流淚的地步。不那樣做我是寫不出小說來的。如果無法做到無論對方是誰都喜歡、無論對方是誰都愛的程度，我就會不知該如何下筆了。我想，應該有不少人讀過我的小說《鹽狩嶺》⑥吧？

6. 此書名的日文漢字寫爲《塩狩峠》，2016年3月慶祝出版五十年。

這本書印了兩百萬本左右。此外，《尋道記》應該也算是擁有較多讀者群的作品之一，這兩本書竟被翻譯成十三個國家的語言呢！

為什麼好人要受苦？

在自己寫的所有書中，我最喜歡《十勝山傳奇》（原書名：《泥流地帶》）這本小說。會喜歡的原因是因爲，書中主角的個性其實就是以我們家老公當模特兒呢！就算再過五年就已經七十歲，老婆深愛著自己的老公，總不是什麼壞事吧！不管過多久我都不會厭煩。

丈夫於我臥病在床時出現，苦苦等候的結果是五年後和我結婚。他耐心等待著躺在床上一動也不能動的我，結婚那年他三十五歲、我三十七歲。就是這樣的三浦被我拿來當成書中主角的模特兒；而主角「耕作」也將三浦的個性完完整整地呈現出來。

北海道有一座叫十勝岳的火山，這座十勝岳火山於大正十五年（譯註：西元一九二六年）大爆發，整個部落與村莊全部流失。大量滾滾岩漿泥流以六十公里的時速流下，一併帶走了所有的東西。山被鏟平了，樹木和大石塊翻著跟斗往下墜，房子和馬被沖走了，人也被泥流往下帶。那些三十年來勤奮開墾的善良人民，他們所擁有的和平家業也慘遭全毀。

正因爲我寫的是相當大型的事件，蒐集資料的時候也因此聽到了很多不可思議的故事。在火山爆發中去世的人，不只是臉，連整個身體都變得無法辨認。然而，在確認遺體的時候，毫無關係的人從旁邊經過時不會怎樣，但只要骨肉至親一走近，竟然就會有血從死者的鼻子裡冒出來。我不知聽了多少遍類似這樣的奇事。人眞的很不可思議，而我會將不可思議之事謹存於心的原因，也就在此。

前一章提過的驢駒老師，在美國過世的三天前，有三個人目睹從他的棉被邊緣滲出一道金光，沙沙沙地往下洩。然後金光停在夫人的頭頂上，彷彿翅膀拍擊，光芒彈射到玻璃上，伸展成一道像金棒般的東西。「怎麼可能有那種事！」我很抱歉會這麼說，可是我覺得會這樣認爲的人，眞的太沒想像力了。這個世界本來就不是依靠著人類的邏輯造成的，而是建構於一股無從得知的力量上。我相信世界是由神創造的，而世上也的確存在著許多不可思議的事情。

我在《十勝山傳奇》這本書中想表達的，是一個美好家庭變得支離破碎的故事。在那樣的情況下，有人馬上會將責任推給祖先作祟、或是因著自己前世作惡而得到的報應。在我所描寫的這個家庭內也曾出現這樣的說法。但是，我眞的無法理解「祖先作祟」這回事。各位，你們過世後，難道會到自己疼愛的孫兒那裡作祟嗎？如果祖先眞的有作祟的能力，不更應該將它用在保護家族上嗎？我認爲那樣才是祖先會做的事。

《舊約聖經》裡有一篇〈約伯記〉⑦，我就是以〈約伯記〉作爲自己寫作《十勝山傳奇》一書的中心思想。簡而言之，就是討論「人爲什麼會遭遇苦難」這個問題。爲什麼正直的人總比不正直的人容易遭受苦難？於是我們總會不停地想著

7.　〈約伯記〉，天主教譯名爲〈約伯傳〉。

「爲什麼？」、「爲什麼？」。

什麼是「要愛你的敵人」？

我的第一本小說是《冰點》。國小五年級的時候雖然試著寫作，不過那稱不上是眞的小說。那是一部叫《杜鵑啼時》的歷史故事。如果現在原稿還留著，說不定是一部曠世傑作呢！搞不好ＮＨＫ還會派人來買版權並改編上演哩！

長大以後雖然非常愛讀小說，卻從來沒想過要自己動筆。昭和三十八年（譯註：西元一九六三年）的大年初一，我到媽媽家，媽媽對我說：「這是秀夫（譯註：作者最小的弟弟）交代要給妳看的。」我一看，是《朝日新聞》的廣告「一千萬元懸賞小說」。昭和三十八年的一千萬可是一筆不得了的鉅款！就算現在也還是很高額的獎金。不過雖然金額驚人，我那時只是個開雜貨店的，就算再拚命，雜貨店一天的銷售額也不過一萬塊錢。我看著那廣告不禁笑了，因爲不管有沒有寫作經驗的人都有參加資格。誰知道會不會有職業作家參選呢？我這種人怎麼可能得獎啊？

在家中七男三女的十個孩子裡，我排行第五。從後面數來第二小的妹妹「陽子」早夭，我因此借她的名字做爲《冰點》故事中的女主角。我自己不但排名老五，又是個女生，一般而言，這樣的孩子是不會對父母抱著什麼責任感的，但在當時我卻隱約感覺到爸媽似乎背負著債務。「到底有多少呀？爸爸，讓我至少幫點忙嘛！」我每次這樣一講，得到的回答總是：「那是你們付不起的金額。」於是我告訴三浦：「不管怎麼樣，眞想找辦法幫他們還債。」說起我們家老公，有時可是會講些非常篤定的話呢！他說：「不用擔心！神一定會爲我們安排孝敬父母的錢。」講得眞好！

姑且不提這個，總之，那天晚上我的故事就完成了，只花了一天晚上就寫好了！讀過《冰點》的人一定會覺得我在說謊。一千張稿紙，就那樣「啪！啪！啪！」地一氣呵成，哈哈哈——不開玩笑了，我眞正完成的是故事大綱。除了療養期間讀了很多書，給我相當大的助益外，親戚中也曾經發生過殺人事件：兩個孩子和一位母親，總共三人被刺。失去知覺的五年級女孩醒過來後，發現媽媽和弟弟倒在一旁，便匆匆處理了自己胸口上的刀傷，並跑到附近的警察局報案。之後她更為母親與弟弟的傷做了緊急處理，是個相當堅強的女孩。她後來成了事件中唯一的獲救者，現在也已經身為人母。而當年收養那女孩的人，就是我的哥哥。

那個事件真叫人震驚。雖然那個時候，被殺的是與我完全沒有血親關係的人，但是如果被殺的是三浦、如果被殺的是我的爸媽，那又會是怎樣的情形呢？自己是不是真的做得到「要愛你的敵人」？我一邊那麼想，一邊將小說寫了出來。故事的主題就是當時經常提及的「原罪」。

「原罪」指的是人類從一出生就帶在身上的罪，也就是以自我為中心的罪。我認為，以自我為中心的罪是人類無法逃離的。

「自我中心」所指的，就是舉著「自己沒做壞事，別人做的好事不算好事」的量尺互相判斷。一面高舉著雙手，大聲喊叫「你不好！你不好！」另一方面，卻用不到一公分的尺衡量自己：「我並沒有不好。」這樣的自我中心，簡直無藥可救。

我在小說一開頭所描述的，是一個做妻子的爲了與年輕醫生單獨會面，便將自己的孩子打發出門，沒想到孩子慘遭過路人的殺害……。她的丈夫知道之後相當憤怒，於是瞞著妻子收養了殺人犯的女兒，藉著讓妻子疼愛那女孩作爲報復的手段。唉呀！什麼人竟然能夠想出這種惡毒的伎倆！作者明明就是這麼開朗的女性啊！

人生比小說更離奇

後來，居然出現一個人，指控我將他的故事寫出來公諸於世。在這離奇的世上，事實眞的遠勝於小說。同時，也有人這樣說：「收養殺人犯的女兒……那樣的設定簡直是無稽之談。」我一邊想著：「是嗎？世界這麼大，像我這樣的人想得出來的東西，總也會遇見類似的想法吧！」一邊將事情告訴了常田二郎牧師。於是，常田牧師爲我講了一個故事。

岡山教會有一位婦人T氏，牧師所講的就是發生在T氏身上的眞人眞事。

她是個相當富有的寡婦，只生了名叫太郎的獨生子。太郎生來傑出優秀，T氏萬般疼愛地將他養大，卻被送到戰場。還好戰爭結束後，太郎平安地回來了，T氏歡天喜地前去迎接，卻發現孩子得了肺病。於是，太郎進了肺結核的療養院，經年累月在那裡養病。在那之後也不知過了多久，好不容易太郎的身體漸漸好轉，已經好到足以搬到外頭，自行炊煮過生活了。也就是可以搬到不屬於療養院、位於院外的獨立小房子。他告知母親，自己將於六月三十日出院，七月七日那天就會回到家。T氏高興極了，煮了紅豆飯滿心期待地等著。

但是不管等多久，太郎就是不回來。T氏於是親自前往療養院，卻發現兒子已經在獨居的小屋裡被殺了。那個時候她所受到的打擊簡直不是筆墨所能形容。在戰爭與漫長的療養生活期間，她一再忍耐，好不容易煮了紅豆飯，正在殷殷期盼，兒子卻在最後一刻被殺。她覺得自己絕對不可能饒恕那個殺人犯，而兇手正是太郎在院裡的室友。

T氏的苦難就此開始。她照樣祈禱，但是不管怎麼祈禱，有一句話就是說不出口。有一段耶穌教導我們的祈禱文〈主禱文〉⑧，其中的「爾免我債，如我亦免負我債者」這一句，她實在講不出來。那句禱詞是說：「我願意寬恕曾經得罪我的人。神啊，因此也請寬恕我」。我們人生來帶著原罪，因此本該天天向天父乞求寬恕，然而在那樣的情況下，卻非得閉口不行，因為說不出「我願意寬恕他的罪」，也說不出「我寬恕他，因此也請寬恕我」。萬般掙扎的結果叫她甚至想要放棄信仰，但卻又無法眞正捨棄基督。T氏每天沉浸在無可言喻的痛苦中，終於有一天，她下定決心先做了一段願意寬恕的祈禱，然後打開信紙，開始寫下「我原諒你」這四個字。那句原本以為自己絕對寫不出來的話，從她的口中出來了，也從她的筆尖出來了。在那個瞬間，她感覺到似乎有股強大的力量在身後支撐著她，從那之後，她便能毫無阻礙地繼續往下寫了。

在人類的種種行為中，我認為最不容易做到的，莫過於原諒殺了自己孩子的人。要說「我恨他」、「我恨他」並不困難，但是T氏卻親自到獄中，與兇手會面，並開始籌錢讓他得到緩刑。後來兇手領洗，並假釋出獄。出獄的那一天，他首先

8.　天主教稱為〈天主經〉。

去的就是T氏的家。T氏將對方迎接進屋，並讓他在家裡住了一晚。一個年歲已大的老婦人，竟然能夠做到與殺了兒子的犯人在同一個屋簷下，如同親生母子般過夜的地步。促成這件看來不可能之事的，就是我們的主耶穌基督，叫我深深體會神的愛與力量之偉大。

不只是前述的這位T氏，我們還知道水野源三先生、星野富弘先生以及野村伊都子女士等人，都曾在相當艱難困苦的環境中喜樂地過日子。如果在座有人還不認識神，我眞希望您能爲了追尋眞正的幸福而去認識神。

我爲什麼會寫小說呢？其實也就是爲了讓更多人能夠藉此知道神的偉大與美好。不管是我的小說或散文，所要傳達的都只有一件事，就是唯有神有能力將絕望轉化爲希望。每一個人都會死，沒有任何例外，生命是極其有限的。我自己也是，應該再過不久就會死。然而，問題並不在於什麼時候死，而在於死前如何活。人死後會到何處呢？我們不正應該以「爲死後做準備」的心態活下去嗎？

第七章 從失去信念到找到信念

生命中不可缺少
的是什麼？

覆手治療

當我得帶狀疱疹的時候，整張臉像被潑了硫酸一般，連載我到旭川醫科大學醫院的司機先生，也以爲我遇上了藥品事故。本來臉長得就不好看，那時更是一塌糊塗。當我跟家人開玩笑說：「瞧我！簡直變得就像阿岩⑨一樣嘛！」時，他們竟然回答：「別亂說，人家阿岩聽了心裡一定不高興。」我的臉雖然長得不好看，但鼻孔的形狀倒是很漂亮。可是，當時竟連鼻孔也一大一小，整個歪掉了。

儘管如此，我卻沒有慌張，就算痛苦也沒有大吵大鬧。神眞的很不可思議，正因爲我們陷於最苦痛的狀態下，才能因此得到超乎想像的安慰。雖然只是每天乖乖躺在病床上，三浦卻每天到旭川醫院看我，從早上九點到晚上五點左右，一直待在我身邊。

我們常常說覆手可以止痛，不是嗎？牙疼的時候會不自覺地將手貼上臉頰，肚子痛的時候也會把手放上去。「治療」的日文不也就是「手当て」嗎？而三浦

9.　譯者按：《四谷怪談》中遭毀容的女鬼。

的手眞的很有效呢！不過，與其說他在我臉上「覆手」，還不如說是將手懸在靠近臉的半空中較爲正確。如果有人認識任何能爲太太持續五分鐘做這件事的先生，請帶到我這裡來，值得大大表揚一番。首先，能夠撐上五分鐘的人應該不會有，因爲手馬上就會酸，實行起來簡直不可能。更何況手還不能放，必須要懸放在半空中。一不小心沾到可就糟糕了，因爲手下的那張臉已經很淒慘了呢！然而，我的丈夫卻願意從早到晚爲我這樣做。此外，知道他還凝視著我的臉說了什麼嗎？那可不是什麼能夠輕易說出口的台詞呢！他說：「在痛苦中不停忍耐的綾子的臉眞美。」那並不是在尋我開心，而是眞的打從心底講出的一句話。「漂亮」與「美」可是截然不同的兩回事，他這樣對我說，我也眞的大受感動。

後來，我將這件事寫進散文，聽說東販公司的董事看了那篇文章後哭了。這是他自己寫出來的訊息。如果我忽然死掉可就麻煩了，所以趁這個機會，先向他說聲謝謝。

讓孩子自己修正人生吧！

接下來我要講的是讀女校三年級時拒絕上學的事情。學校裡全都是女生，眞的很無聊。不，我的意思並不是說校園裡有男生就不無聊，而是因爲女生總是喜歡說些無聊的話。現在當然不一樣，不過在我那個時代，大家永無止盡的話題不是別人的八卦閒話、某某老師的壞話，就是圍繞在哪個明星身邊的瑣事上。在這些事中，說人壞話的比例獨佔頭籌。如果不幸成了那些壞話中的主角，上學便成了一件最令人討厭的事。

基本上，若沒人講我壞話，那可是一件相當奇怪的事。從前只要是女學生就一定得穿水手服，我因爲身體不好，只要天氣一冷，便大剌剌地將長褲穿在裙子下面上學。最近時尚界或許有那樣的穿法，不過我可以向大家保證，在昭和十幾年時，是沒有一個人敢那樣穿的。所以常常被人家說「妳還眞怪」，雖然我本人一點兒也不那樣認爲。除此之外，當老師說話時，大家通常會相當努力地埋頭做筆記，但我總是目不轉睛地盯著老師的臉看，一直瞧到老師覺得不好意思為止。那樣做是很好玩的，因為映在眼中的老師會漸漸地越縮越小，然後再重新越長越大，相當有趣。一直到老師終於受不了，對我破口大罵：「趕快給我做筆記！」為止。

所以，那個時候的我可是做出了很多足以被人說閒話的事情，到最後終於演變成我的拒絕上學。我認為與其到學校去，將時間浪費在一些無聊的事上，還不如在家讀書算了，於是將許多本小說放在枕邊讀個痛快。

雖然如此，在我心中卻有一小部分屬於少女的矜持，覺得必須有效地掌握自己寶貴的時間。我雖然沒辦法解釋清楚，卻不願意過著連自己也無法說服的日子。「與其在學校唸書，還不如我自己在家唸！」那就是我當初的心境。

現在，只要聽到學生拒絕上學的新聞，雖說「認真的拒絕」這個形容詞有點奇怪，不過我總會感嘆，原來在這世界上，還眞的有因拒絕而拒絕的人。不想上學的人一定有他不想上學的理由，大人們實在不應該因為孩子自己擅自決定走自己想走的路，就那樣呼天搶地。大人心中可能會想：「我們家的孩子完了！」或是「孩子已經沉淪了！」不過，我還是認為，不管精神上或是肉體上所謂的復原能力，都早已存在於人的本能之中。所以孩子應該擁有修正自己人生的能力。

我還不是活著的專家

不管是我還是三浦，從前都曾經是右翼份子。聽到「右翼」這個詞，有人可能會很驚訝，不過我們眞的都曾是右翼份子。在那個戰爭的時代，天皇被當成神來看待。我曾經覺得自己要爲天皇努力到死，這就是所謂的右翼思想。然而，戰爭一結束，所有事情便完全改觀，我想大家的經歷應該都和我們相同。

我們每天活著，不是爲別人而活，而是活出自己的人生。今天並不是有也好、沒有也罷的一天。如果我們的生命在明天就要結束，今天這一天就不知道有多麼寶貴了。我想，應該沒有人會認爲自己活不過明天，也因此很少有人珍惜「今天」。

生命中不可缺少的是什麼？

我活了六十五歲，自己也常常這樣想：如果我六十五年來做著同樣的工作，應該不管什麼工作都能做得出神入化了。舉例來說，假設六十五年來都當裁縫或不停作畫，應該早有驚人的本事了；煮紅豆餡的人也是，有那樣長的一段時間，只怕早就成了專煮紅豆餡的名人。然而，我雖然活了六十五年，卻一點兒也沒變成「活著」的專家。明明是芝麻蒜皮大的小事，卻還是讓我驚訝得闔不攏嘴。前幾天走路的時候，竟然還突然絆到腳摔了一跤。另外，還有在明知不能責罵的場合亂發脾氣，或在不能流眼淚的場合哭個不停……等等。不僅如此，很多事情的演變往往超出自己原本預期的結果，甚至南轅北轍地截然不同。對於「活著」這件事，我真的一點兒也沒辦法習慣。如果自己喜歡的人過世，一定會哇哇大哭吧！就算被人家指責「妳這樣還算是基督徒嗎？」也沒辦法。所謂基督徒並不見得人人都很有氣質，也不表示基督徒就絕不掉眼淚。我們一樣會天天悲傷，也會不停抱怨。

人會犯罪，「不犯罪就活不下去」是人的本質。如果能夠在清晨張開眼睛時想：「今天我要好好地活！」又在晚上睡覺前想：「我有幸在今天這樣好好地活過」的話，一切便更美好。可惜的是，對於自己過的是什麼樣的生活根本毫無意識，這才是我們必須面對的現實。

我寫的《尋道記》被譯成十三國語言，有一位外國讀者曾經寫信告訴我：「我眞希望自己能夠生爲日本人。」雖然不知道他指的是日本人的哪一方面，不過我在這裡倒想跟各位談談與這個主題相關的事。

從女校畢業的時候，當時廣受大家愛戴的谷地新六老師送給我一句話：「堀田雖然失敗多，成功應該也多。」（我娘家的姓是「堀田」）我認爲這位老師眞是偉大。就算我將來不一定成功，卻因爲曾經有過太多失敗，老師才會這樣鼓勵我：「雖然失敗多，還是會有成功的機會。」對於一個教師而言，「給予希望」是相當重要的事。

五點就去學校，幹啥？

老是失敗的我後來成了小學老師，任職於歌志內市的神威小學。我的班上共有八十個孩子，課桌椅一直排到講台邊。最近常有人說招收的學生數不足以開班，但是在我那個時代，礦坑之城的學生人數卻如雨後春筍般，叫人措手不及地不斷增加。雖然當地的煤礦現在已幾乎開採殆盡，城市也日漸沒落，不過在那個時代，房子卻一直蓋到學校的後山上，每天都有新的轉學生進來。

另外，早上的上班時間是五點。當上老師的那一年是戰時，昭和十四年（西元一九三九年），未滿十七歲的我通過檢定並拿到了教師執照。當時不管我怎麼絞盡腦汁就是想不通，究竟那麼早叫我們去學校做什麼？等我五點到校時，卻發現校長先生早就拿著竹掃帚在清掃校園了。我實在不知道那間學校到底有多少把竹掃帚，當我到學校時，三十幾個老師全都拿著竹掃帚在掃地。

目睹那樣的景象時，我並不覺得大家「眞笨」或「好傻」。不管怎麼說，十六、七歲的小女孩都是天眞爛漫的，浸到紅色裡變紅色，浸到藍色裡就變藍色，一顆心還是乾淨潔白的。看到大家的行爲後我深受感動：「啊！自己從來就不知道，原來在學生到校的好幾個鐘頭前，老師就已經來到學校，清掃校園修養身心，之後進教職員室用功努力，然後才給學生們做早課，並開始一天的教學呀！」後來我才知道，並非每一間學校、而是只有我任教的那間學校才有那樣的規定。不過當時的我深受感動，並以成為那間學校的老師而感到無以言喻的快樂。

但對一個年輕人而言，早起可不是什麼容易的事。我每天得從一公里外的住處跑步到學校，而且就算跑得再快，還是比不上其他老師。我發現越是偉大的老師就越早到校。一進校門時發現校園中一片安靜，就算我說早安，大家也只會在沉默中微微點頭示意。此外，女老師們還會拿著抹布擦拭玄關的木板地面。那裡是孩子們穿著沾了泥巴的鞋子進來的地方，本來就會遍布沙土。基本上我認為像那樣的地方，頂多拿水潑一潑、再將泥塊掃出去就可以了。同樣地，有人也會將自己家進門換鞋的玄關，用抹布擦拭得亮晶晶的。不過現在會那樣做的人家可能已經不多了吧！

總而言之，當時的我既欽佩又讚嘆。而且因為深受軍國主義的影響，只要為了天皇、為了教導學生，我就會赴湯蹈火、在所不辭。

老師拚命，同學嚇得要命

三年後，我被調職到旭川的啓明小學。到了啓明小學後才發現，那裡一點兒也沒有軍國主義的影子。神威小學的一切都靠號令，當學生經過教職員室時，會不約而同地低下頭去。或許因爲可以從窗戶窺見裡面的關係，學生們才會受到那樣低頭的訓練吧！總之他們不會將眼光往教職員室裡亂瞄，只是低頭快速通過。

然而，當我到啓明學校後卻幾乎沒聽過一句號令。早上八點有朝會，不過就算時間到了，孩子們卻依然在教室或校園裡玩，他們一面瞄著時間，一面慢吞吞地集合。排隊的時候，原本以爲老師們會說「向前看齊！」但出乎意料地，老師們竟然背著手，站在學生後面互相交談。

我大吃一驚，認爲像這樣的學校一定會叫日本打敗仗。因此一個人神經緊繃，不管做什麼事都全力以赴。正因爲自己太過全力以赴，有一次在體育課上教跳舞時，雖然自己跳得還算不錯，卻不小心失足踩到地上的洞，因而休了三個月的長假。

我成了那間學校最令人畏懼的老師。我有句口頭禪：「老師可是拚著命在教書的」，因此把學生們嚇得要命。但是其實我好愛那些可愛的孩子們，他們眞的好可愛。凡事總是適中就好，但是我卻一個個觀察我的學生，並爲他們分別寫了幾十本日記，等到寫滿了一個星期就讓他們帶回家。有些較熱心的家長看了我寫的日記，也會將孩子在家裡的樣子記錄下來給我看。因此，那些日記本也被我稱爲「通信本子」。

在沒有任何人要求下，我認眞地工作。學校老師也都是按照自己的方式工作，我不會介意其他老師是不是做著相同的事，那些都無所謂，不管別的老師幾點下班，我都在九點左右準時回家。

正如前述，我眞的是個名副其實的熱血教師。還在礦坑之城的時候，只要我對學生說：「今天老師會上某某處的澡堂喔」，孩子們就會興高采烈地到那家澡堂，和我在浴池裡大玩特玩。此外，在不必寫「通信本子」的時候，放學後會多出一段時間來，因此我對學生們說：「今天請這一排的小朋友留下來吧！」然後與留下來的孩子們玩沙包或打彈珠，在那短暫的時間內盡量與他們溝通、交流。我眞的很努力想做個對孩子有益的好老師。

國家跟我個人的失敗

當時每間教室都貼著「鍛鍊天皇的國民」的標語，而我也因此拚命努力，可以說是幾乎將整條命都賠上了。

雖然我是個嚴厲的老師，那些可愛的孩子對我而言，卻是無價的寶貝。前陣子和自己教過的學生會面時，他們說：「記得老師總會一把抓住學生，用單手摟著一起走呢！」不管是哪一班的學生，只要看起來又輕又瘦又好抱，總會被我一把抓住抱著一起走。我眞的很愛小孩。

空襲的時候我總往啓明小學跑。我這樣努力，但日本卻打了敗仗，叫我眞想辭去教職，因爲已經感到沒有什麼東西可教了。於是我從家裡帶了洗衣盆，在講台旁邊洗衣服、邊讓學生自習，心裡想著只要接任的老師一找到，我就要馬上辭職。

就在那個時候，同時有兩個人向我求婚。因爲戰敗，我一向深信不疑的東西全被打得粉碎。戰前越是認眞、越是正經的人，在戰後就會變得越加頽廢空虛。心中覺得已經沒有必要繼續活下去，現在活著，只不過是因爲還有一口氣在罷了。當時我在心中盤算的是，前面曾提過的，去當乞丐這件事。因爲誰也不會相信一個乞丐所講的話，更不會有人因爲聽了乞丐的一句話，便下定決心走人生的道路。所以我認爲只要當乞丐就不會有罪惡的生活；更何況，就算拿了別人施捨的一兩塊錢，也不至於害人因此破產上吊。乞丐雖然也會造成別人的困擾，不過比起向他人借了鉅款而不還，卻好得多。因此，我眞想就那樣邊走邊討些小錢，輕輕鬆鬆地過日子。於是只要走在街上看到郵局裡有張空板凳，便會二話不說地躺上去打個小盹兒，一邊訓練自己當遊民，一邊還在心裡想著：「流浪漢應該就是用這種姿勢躺的吧！」

我相當認眞地這樣想，因爲我的心也相當認眞地被淘空了。

無法起床的生活

在那樣的狀況下，我同時與兩人訂了婚。當時的心態是：不管和誰結婚都無所謂、不管對方是誰感覺都差不多。我完全喪失了對人應有的信賴，連謙遜的態度也一併拋到腦後。

實際上，婚姻對人類而言應該是一樁相當重大的事情。出生是一件大事，領洗也是一件大事，結婚更是一件人生大事。會對這樣的大事抱持著不正經態度的傢伙，對人生也是同樣地不正經。不過雖然我本身不正經，實在也說不出什麼理直氣壯的大道理來，唯獨一提到結婚，卻總會自以為是地嘮叨一番。當我詢問：「你到底喜歡他哪一點？」時，眞的有人會說出「因爲他很高」或「他的側面很帥」之類的答案。可是，就算對方身高很高或腳很長，並不表示他就能因此跨越種種困難；同樣地，就算對方的側面很帥，自己的悲傷並不會因爲看到那張很帥的側臉而消失無蹤，亂七八糟的人際關係也不會因此釐清。眞不知道他們爲什麼說出那種話來？

內在價值最重要

說起外表，找個像三浦綾子這種的就差不多了。在此我想向男士們鄭重宣告，找伴侶重要的不在於臉蛋或外型，而是人生態度。對方以什麼樣的心態生活？又將什麼當成是人生中最寶貴的東西？這些價值觀都得和你一致。夫妻倆總不能一人覺得裝扮得漂漂亮亮最重要，另一人卻覺得存錢才是人生大事。我有個朋友發生這樣的事情：朋友的丈夫生性小氣，在那個時代一張才十塊錢的入場券，如果自己用不著，就非得要轉賣不可；相反的，我的朋友就算自己在三年內穿同一條裙子也無所謂，可是如果看到需要幫助的人，就非得伸出援手不可。兩人對金錢的價值觀差異過大，最後終至分手。夫妻之間真正重要的是什麼？如果一個覺得拜神最重要，另一個卻覺得拜金最重要，這樣下去可能無法相處。

西中一郎先生的聘禮送來我家的那一天，我昏倒了，有生以來第一次像那樣失去意識昏厥過去。會不會是因爲自己良心發現？抑或是神眞的爲我做了好的安排？總之，那就成了為期十三年的肺結核與脊椎慢性骨炎的開端，而當時我並不知情。疾病和判決不同，它才不會告訴你「從現在起命令妳睡十三年病床」，而是讓妳昏厥、臥病，結果是一連躺了十三年。大家總會驚訝：「妳竟然能夠臥病十三年！」不過，如果在一開始就被宣告「要病個十三年喔！」我說不定還會先考慮考慮呢！那個十三年是在我一天天的日子中度過的。

提起在病中的想法，那時我認為自己「自作自受」。肺結核在那個年代是無藥可醫的絕症，就像現在被宣告得了癌症一般。我在五年前被醫師宣告得了癌症，所以算起來總共有兩次被宣判死刑的經驗。不過不管怎樣，最後的眞正宣告是一定會來的。

後來併發脊椎慢性骨炎，我從此離不開床。從頸部到腰部全被套進石膏床裡，連轉頭東看西看的能力都沒有。吃飯的時候得用手舉著小鏡子，映著放在胸部上的餐點，才有辦法看到，然後放進嘴裡。雖然經驗了那樣辛苦的時期，不過當我尚未進石膏床、還在某療養院住院時，有位名叫前川正的先生前來拜訪。

剛開始的那段期間，我天天往返於家裡與療養院之間，一邊認爲自己自作自受，一邊過著頹廢而隨便的生活。有次，療養院的事務主任問我：「妳想不想做這份工作？」當時院裡有三百位結核病患，他要求我做的是「處理這三百名病患的事務性工作，薪資是一千塊錢。」一千塊錢……當時一般公務員的薪水大約是八千塊錢，那是昭和二十三年左右吧！我因爲想得到那一千塊錢而接受了工作，從此忙得不得了。也不知道過了多久，原本空虛頹廢的我，再度充滿了生氣與活力。

請妳認真過日子吧！

那時忽然想到，究竟是什麼促使自己變得如此生氣蓬勃？答案不過是因爲明天有事做。如果眞要算清楚就會發現，根本沒有任何問題是被解決的。當療養院裡接二連三有人來訪時，我便欣然前去接待。可見只要有個無關痛癢的小事可做，人就很容易變得生氣蓬勃；那是個相當叫人害怕的事實。巴斯卡⑩也曾警告過我

10. 巴斯卡（Blaise Pascal），法國哲學家、數學家，《沉思錄》爲其名著。

們要「小心那些被稱為消遣的東西」。天天打麻將或天天跳舞，的確可以讓生活看起來充滿生氣，也可以讓心情好轉。就算有人過世讓我們傷悲，並以為自己心中那份空虛感完全不可彌補，然而那樣的想法卻可能在不知不覺中改變。以我的例子來講，日本戰敗導致我整個人變得空虛，但在不自覺的時候重新找回活力。不過我得補充說明一點，在那個時代的年輕人，凡是越曾經認眞過活的人，在戰後就會變得越空虛。

因此我想「這樣可不行」，怎麼能夠光憑著有事可做這點，就讓我不再感到空虛呢？一定是哪裡出錯了。正在那樣想的時候，前川正先生出現了，於是在他的規勸下，領洗成了基督徒。

剛開始我並不願意相信前川正先生所信的神。在兩人的談話過程中，有一次他說：「小綾，請妳以更認眞的態度過日子。」這話叫我相當生氣：「我可是曾經以非常認眞、認眞到簡直要討厭起自己的態度活過呢！可是認眞的結果又是什麼？我已經不再相信任何事了，就算隨隨便便也無所謂。我已經受夠了認眞的生活！」

聽了我那番話後，前川正先生竟然拿起小石頭，不停地擊打自己的腳。

在那瞬間，我不但目睹了人對人的愛，更見到了神奇妙的安排。從好幾年前，當我還是小學二年級的時候，神就將他放在與我僅隔一年級的地方；隔了幾年又讓他重新出現，以那樣的姿態站在我身邊。

因此，當時我想「就算被騙也無所謂，我就信信看吧！」應該是感受到他身後那道光芒的緣故。我終於明白，當男人接近女人，並說「我喜歡妳」，然後送些手帕、別針之類的小東西時，他們所說的是男人對女人說的話，而不是人對人說的話。站在我面前的這個人是認眞的。另外，他會那麼拚命地一再要我「認眞地活下去」，恐怕也是因爲意識到自己性命不長的緣故吧！

所謂真正的相信

在那之後，我和前川正先生便開始了眞正的交往。他在散完步送我回家時，會站在離了一兩公尺遠的地方，對我做出握手的動作。那個動作讓我感受到心靈之間的交會與契合。如果僅是緊緊握著手就太普通了，我想請大家多花點兒心思在這方面。前川先生與我互相追求對方的成長，總是開口學習、閉口學習地說個不停。除此之外，我們也相約著一起讀《聖經》，兩人共用同本《聖經》，每天讀相同的地方，然後將感想寫在筆記本上分享。此外，我倆一見面就討論讀過的書，或互相詢問自己不懂的《聖經》章節。我覺得那眞是非常美好的交往方式。

有人會說「世界上根本沒有神」、或是「我才不相信」，我自己也曾經不相信。巴斯卡曾說過沒有辦法證實神是否眞正存在，他不能證明神不存在，但也無法證明神存在。於是巴斯卡將賭注放在神的存在上：首先，如果相信其存在，而神也眞的存在，我們便會受到祂的祝福；但如果不確定存不存在，卻選擇否認，那麼神若是眞的存在，後果豈不是不堪設想？不僅如此，就算不去否認，相信有神存在的生命也不會就此白費。我對巴斯卡的理論深有同感。

從那一天開始直到今天，我都相當認眞地閱讀《聖經》。正是因爲願意相信神，我才會選擇在被套進石膏床的前一天，由曾經坐過牢的小野村林藏牧師手中領了洗。

檢討自己還是替別人檢討？

那個時候的我瞭解了一件事：不知道自己的罪爲何，才是眞正的罪。於是我打從心底流下懺悔的眼淚，並在神面前告解——自己眞的太不好，願意將過錯銘記在心，並永不再犯。然而就算我領了洗，卻從隔天開始又做了壞事。也許可以說我並沒有積極地使壞，但是類似「那個人眞討厭！」、「幹嘛呀！」之類的想法，卻依然殘留在心上。我並不會因爲成了基督徒，就能夠輕易地愛上每個人。沒意思的東西還是沒意思，別人的壞話也照說不誤。說他人的壞話雖然不好，卻是心中眞正的想法，因此很容易脫口而出。

各位一定也是這樣吧！有人因爲成了基督徒，就從此不說別人壞話嗎？說不定正是因爲成了基督徒，才更容易看到別人的缺點。總而言之，要看清自己並徹底認罪，實在是相當困難的。

《驢駒老師物語》中的主人翁榎本牧師曾說：「所謂信德，就是在神面前將自己徹底地當個問題看待。」但是我們所做的，卻是在神與人的面前，將他人而非自己，徹底地當成問題看待。不過，要在神前徹底認罪並謙遜悔過，的確不容易做到，若能總是倚靠那樣的心態向神乞求饒恕，才能算是眞正的信德。

不與人見面，人會空虛

話說回來，我會從小野村牧師手中領洗，就是因爲「不知己罪」。領洗後認識了西村久藏老師和其他許多人，詳細情形請看我的《尋道記》一書。可是閱讀前請大家記得準備手帕。因爲是自己寫的東西，我從來沒在閱讀時哭過，不過聽說有很多人因爲看了那本書而掉眼淚。

後來，前川先生在我受洗後不到兩年內過世，連西村老師也走了，引導我的老師們全都離開了。於是我離開了札幌醫科大學醫院並回到旭川，在前川先生死後的整整一年內不見任何人。不與人見面，眞的會變得空虛，房子也是一樣，沒人住的房子容易荒廢。於是我意識到，人是不可以處於那樣的狀態下，便下定決心要與別人接觸。而那時候出現在我面前的就是三浦。三浦與前川先生眞的很相像。

整整一年的時間，我對三浦敘述了所有關於前川先生的大小事：「他是這樣的人，他是那樣的人……。」三浦也總是耐心地聽我說。有一次，我給三浦看自己寫的短歌：

「妻のごとく思うと我を抱きくれし君よ君よ帰り来よ天の国より」
（將我當妻子一樣地擁抱的你呀你，請從天國回來吧！）

三浦看了這首短歌後大受感動，從此下定決心，要代替前川先生與這位堀田綾子結婚。

於是，他向枕邊依然放著前川先生的相片與骨灰罈、口中從不離前川先生的我求婚。當時的我床邊還放著尿桶，既大他兩歲，也不是什麼美女。然而，三浦卻對有著一張浮腫的臉、且臥病在床的我提出結婚的請求。

世界上傑出的男性何其多，但是會像三浦這樣，向一個生重病、年紀比自己大、不知何時才能痊癒，甚至治得好、治不好都沒把握的人求婚的，應該不會再有第二個了吧！

三浦自己有很多相親的機會，也常常收到情書。但他總會清楚說明自己已經有了結婚的對象，並一口拒絕。我躺在病床上無法動彈，所以根本不會有人知道我這個人，其實他大可曖昧地掩飾我的存在。但是三浦卻不那樣做，總是明明白白地拒絕。

後來連三浦的哥哥也說：「好，你可要有爲對方辦喪事的心理準備。我看就算對方在婚後三天死掉，你也願意吧！」我因此答應了他。

他知道我的年紀已過三十，又曾經做過腹膜手術，不能剖腹生產，所以就算結婚也沒辦法生育。男人希望有小孩，就如同女人渴望有小孩一樣。願意與一個不能爲自己生孩子的女人結婚的，就是我們家三浦。

就連現在，我也還將前川先生的照片放在口袋裡到處跑，和前川先生的家人也如同親戚般來往。在我整個人被淘空、並了無生存的意志時，能夠被喚回並眞正活下來眞好。

眞的不可以絕望。人一旦絕望，就表示不給自己一條生路。嚴格算來，我在病中動彈不得的日子有整整四年。被卡在石膏床中的歲月，正好占了七年中的四年。我和三浦結婚的時候三十七歲，是在彼此認識的五年後。當初完全沒有料到自己會有這樣的人生，也根本沒想到會有人願意向我這樣的人求婚。

領洗的時候我想到，究竟爲什麼洗禮會叫人那樣高興？自己明明馬上就要被綁進石膏床，況且能從那床上脫身的日子也遙遙無期，但是我依然很高興。事情正在惡化，也不是只要祈禱就一定會有好事降臨；自己的身體一天比一天壞，然而我卻是眞的高興。那樣的歡喜是神給的，不親自領受是無法理解的。若不將寶物親手接住，它的美好也就無從得知。

所謂信德，並不是指一相信就會馬上改變。讓眼睛失明的人看見、或讓瘸腿的人行走……等等，都不能代表信德。眞正的信德是自己內心的轉變。只要內心能夠改變，一個人的生活態度也會整個改觀。能夠引導我們做出如此改變的，對我而言就是耶穌基督。

希望的力量

「我犯了罪。神啊！請原諒我。這就是我，完完全全地交在主手中。」像這樣將自己攤開來放在神的手掌心內的，就是基督徒的信仰；而將我們的罪一筆勾消，並讓我們能重新出發，自己卻扛起那些罪的，就是基督。基督爲我們背著罪上了十字架：「我爲你負罪並受刑罰，好讓你可以從罪罰中解脫。」

世界上哪有那樣叫人難以置信的事？但是卻眞的有人說出：「我願意代替你

死去」的話來。我們人其實就像死刑犯。《聖經》上說：「罪惡的代價就是死亡」。實際上，我們活在世上並沒有認眞看待自己，每天渾渾噩噩地隨便度日，因此就算怒罵：「不是早就說過了嗎？你這傢伙到底懂了沒有？」對方也不可能理解。

就在不知不覺的狀況下，我們犯了各式各樣的罪。基督宗教中所說的「最大的罪」，即是背對著神這件事，然而我們卻總是習慣在神面前背對著祂過生活。神是光，所以我們的影子是黑暗的。當我們一面看著影子，一面說：「啊，根本沒什麼值得相信的東西」時，所看到的只不過是黑影的那一部分。其實只要輕輕一轉身，眼前就會是神那光芒四射的容貌了。

在我們感到空虛時，如果因此覺得完了，那麼一切便眞的毫無希望。那樣想是不可以的，我希望大家明白這一點。我從兩年前就開始了「奶粉斷食療法」。被宣告患了「癌症」後絕望致死的人，要多少有多少，但是一旦得到希望，就會有一股力量從體內源源不絕地湧出。[11]

11. 編按：奶粉斷食療法的原理，是排出體內的毒素，增強免疫力。先利用奶粉進行半斷食，然後再執行斷食。

不可以罵人「沒救了」

不可以失去希望。所以批評某人「他沒救了」，也不可以。我們活在人世間，一定要能夠對人說出「你眞的很重要」這句話。從地球誕生，一直到地球毀滅，在這個世上不會有一模一樣的人。世界上不可能有兩個你，絕對不會。每個人都是獨一無二的，要相信自己的存在價值，也要承認別人的存在價值。神創造人，必定也會賦予各個人不同的使命，並不會沒事就把一個人往人世間送。我想神是不可能做出那樣無聊的舉動。有人說：「像我這樣的人，根本沒人會當一回事看。」那是不正確的。世上不會有任何單純只扮演「路人甲」的人，每一個人都是主角，因此我希望大家都能以當主角的心態，好好地活下去。

此外，我更希望大家別說「那人沒救了」、「我沒望了」之類的話。就因爲抱持希望，曾經毫無指望的我才能一直活到今天；我獲得了力量能夠做到這一點，而與我相同的人，比比皆是。

第八章 現在，要追求些什麼？

生命中不可缺少的是什麼？

慎獨

不管哪間學校一定會有各式各樣的學生，就如同有人耀眼奪目，而完全不顯眼的人也必定存在。不過我經常想：不管是那些在他人眼光中閃閃發光、永遠是鎂光燈聚焦的人也好；或是那些溫順老實，在畢業後被人說「咦？我們班有這個人嗎？」的人也罷，在每一個人的人生中，他都是自己生命中的主角，他的人生也是專爲自己而有的。從地球誕生一直到毀滅爲止，世界上再也不會出現和自己一模一樣的人，連一個也不可能，每個人都是獨一無二的。在這裡我想更深入探討，關於「僅此一人」這件事所代表的意義。

河井道女士是惠泉女學園的創辦者，她在五十二歲那一年甚至還前往美國留學。河井女士小的時候被父母親由日本本土帶到函館，並在十歲時進了函館遺愛女學校。

她遵循住校制度進了學生宿舍。當時的河井女士相當沉默寡言，甚至很少有人聽她說過話。她並不是不願意說話，而是因爲考慮過多，即使心中早已波濤洶湧地吶喊了千言萬語，因此所能做的就只有一再點頭。我們身邊也常常出現一些只點頭卻不說「是」的人，千萬不要以爲他們不說話就代表什麼也沒想。不是的，許多人雖然沒有將話說出口，其實內心的想法卻比誰都豐富。

河井道女士恐怕就是那樣的人。她雖在十歲時進了遺愛女學校，卻不是個能夠與他人一起用功的人。有一次某個學生搞丟了精美的裁縫箱，所有學生因此被老師一一點名，詢問關於裁縫箱的去處。那個時候，河井道女士卻無法回答。她被問到：「妳知道嗎？」時保持沉默；被問到：「妳不知道？」時也同樣沉默不語。中間雖然還有許多狀況，到最後那個裁縫箱的偷竊罪名，就這樣落到河井道女士身上。

河井女士並不是小偷，那樣的嫌疑因此深深地傷了她的心，她從此不願意再上學。我們日常生活中也經常發生心靈受傷的事件，在那樣的情況下，我們往往不顧事件能否幫助自己成長，而只願意不停注視著心底的傷口。在沒有任何辦法的時候便會想道：「再也不和那種人說話了！」、或是：「誰還要繼續到那樣的學校上學！」少女時代的河井道女士也曾經那樣想：「我再也不要上學了！」

那時，函館有位史密斯老師計畫在札幌創辦女校，因此想從函館帶幾名學生過去。剛好有人介紹了河井道女士，於是史密斯老師便將這個心靈封鎖的孩子帶到札幌。

這個故事聽來雖然簡單，實際上卻一點兒也不容易。能夠治癒那決意「再也不上學了」的受傷心靈的史密斯老師，眞的很了不起。神奇的是，明明得離開函館到札幌去，聽說河井道女士一點兒也不覺得寂寞。不僅如此，還變身爲一個勇於發言的活潑少女。這樣看來，史密斯老師擁有身爲教育者的優秀資質，後來也成了北星學園的創辦人。

在那之後，河井道女士創立了「惠泉」這所名門女校，應該算是北星學園畢業生中數一數二的頂尖人物。這位偉大人物的種種事蹟感動人心，她過世的時候，住在附近的魚店老闆竟然說：「河井道老師過世了，我不幹啦（自暴自棄）！把魚全部賤價賣掉吧！」可見老師生前多麼受到鄰人的愛戴。此外，河井道女士雖然終生獨身，卻經常告訴學生與周遭親友：就算自己一個人吃飯，她也會如同和家人用餐般，擺出全套飯菜呢！

草率忽略自己獨處的時間是不好的。不可以有「反正就我一個人，隨便一點兒也過得去」的心態。我相當佩服說得出這種話的河井女士，更覺得在獨身的狀況下能夠每天執行這個理念，眞是了不起。她不僅每天熬味噌湯，又燉煮菜，還做沙拉，更餐餐對神奉獻感謝的祈禱，對於自己獨處的生活毫不馬虎。有人可能會想：「只不過是吃頓飯，那還不簡單？」實際上那卻是相當難以實踐的一件事。

有的時候，我們會有一整天都不必見到他人的生活。要是連在不見他人的時候，我們都不對自己好，恐怕就更難以眞正地過生活了吧！有一個詞叫「瑣事」，其實任何事只要做得雜亂，就稱得上是「瑣事」。不管我們做的事情有多麼耀眼，如果不能眞正用心，反而心存雜念去做的話，那件事也會成了「瑣事」。今天做了一整天瑣事，隔天又做了一整天瑣事，這樣下去，難保寶貴的一生就在瑣事中結束。因此，我認爲一個人在獨處的時候是相當可怕的。

一個人吃飯、一個人如廁、一個人入浴……。不管在什麼樣的場合，要單獨一個人過日常生活，眞的是相當困難的一件事。

願我變得勇敢

昭和二十七年（譯註：西元一九五二年），當我還在札幌醫科大學醫院住院時，北一條教會的小野村林藏牧師爲我在病床上施洗。當時爲我見證洗禮的是西村久藏老師，他在第一次見到我的時候就說：「請把我當成妳的親人。」

西村老師是經由別人的介紹才知道我的，他來探病時問我：「妳在札幌有可以依靠的親人嗎？」我回答：「沒有。」於是老師說：「那麼，就把我當親人吧！」要對別人說「將我當親人看吧」可是件了不得的大事！只要輕瞄一眼，馬上就可以看出當時的我不是什麼有錢人，睡覺時穿的睡衣就那麼一百零一套，手邊更沒有什麼像樣的東西。像我這種痲煩病人要眞的把他當親戚一樣地倚靠，後果想必不堪設想。然而他卻明明白白對我說：「依靠我吧！」在信仰上引導我的人有很多，也正依靠了這位老師的引導，才讓我走上領洗這條路。爲我施洗的小野村牧師也說：「妳一定會好起來的。現在不過是短暫的試煉罷了。」

說實話，我滿滿的一身病——肺結核、脊椎慢性骨炎、帶狀疱疹、癌症……，不管什麼都經驗過，甚至連現在的身體狀況都不好。可是，有人在見到我時不是劈頭說：「唉呀！妳一定很疲憊吧！」、「臉色很差喔！」就是：「最近好像消瘦了一點。」有些人就是看著別人的臉，卻說不出好話來。雖然我知道對方是對我表達同情，但那樣的時刻還是會令我感到相當寂寞。好不容易覺得自己最近狀況不錯，臉色應該可以受到稱讚了吧，沒想到得到的卻是：「妳的臉最近是不是皺紋變多了？」

相反地，也有不那樣說話的人。每次見面，不是說：「妳的眼睛看起來很有精神耶！」、「氣色看來不錯」，就是說：「聲音聽起來很洪亮，那不是生病的人會發出的聲音呢！」此外，在醫生裡也同樣分成兩類。有的醫師在做完檢查後，愁眉苦臉地說：「檢查的結果中有些叫人擔心的部分……。」卻也會有醫師輕快地跑進病房後，開口就是：「早啊！大家看起來都很有精神。啊！你看起來氣色很不錯喔！嗯！臉色變紅潤了。昨天的檢查報告也這樣說呢！」說不定檢查報告裡並沒有那樣說，也說不定檢查的結果比先前惡化，但是被醫師用那爽朗的聲音這樣一說，不知怎麼搞的，彷彿有股活下去的動力，從體內源源不絕地湧出。

我覺得小野村林藏牧師正屬於後者。明明只和我見一次面，竟然就能夠講出「妳的病一定會好」這樣的話來。身為牧師而非醫師，卻能夠那樣說，眞是太了不起了，那是一句非常溫柔體貼的話。

有一回，小野村牧師問小學生們：「小朋友，你們知道爲我們創造天地萬物的神是誰嗎？」有個孩子舉起手來，老師便說：「妳請說。」於是孩子便回答：「是天照大神。」她似乎認爲天地萬物都是由天照大神所創造出來的。⑫

現代人應該不會那樣回答了。然而在戰時不一樣，我們是從那個時代一路活過來的。在戰時，像那樣的回答或許一點兒也不奇怪。但是小野村牧師教的是《聖經》，於是他告訴孩子們：「不是的。天照大神又叫做『皇祖神』，是天皇的祖先神，他與那位創造天地萬物的神並不一樣。」

糟糕的是，那個舉手回答的小朋友是某位教育家的女兒。於是，在隔天或再

12. 編按：天照大神是日本神話中的太陽女神，也是日本神道教的最高神祇。

隔一天舉行的札幌校長會議中，這個議題被提了出來，當成嚴重的大問題討論。這樣的事情從現代的角度看來或許不可思議，但在那個時代可是一點兒也不荒唐。事情演變得越發嚴重，引起所有人的喧囂爭嚷，於是便由當時教育界最偉大的人士出面警告小野村老師。過了不久，小野村老師就被警察帶走，開始了老師的牢獄生活。簡單的事件就此演變成非常糟糕的狀況。那時，北一條教會裡有著像西村老師、金井老師、和佐佐木老師……等傑出的長老們，他們不但東奔西跑為老師打點東西，也四處籌了一筆請律師的費用。然而，像這種因言論而使牧師被警察抓走的事件並不少，連學生們的對話都有可能造成這樣的結果。

總之，在戰時被問及「耶穌與天皇那個比較偉大？」時可不容易回答，一不小心就會出問題。戰爭期間還發生了很多類似這樣的事情，譬如函館市內就曾經舉辦祈求戰勝的參拜神社活動，市民們得分批輪流到神社參拜。戰爭不是三兩天就結束的事，地方上的牧師們也會被點到名。然而十誡明白規定，不可以叩拜唯一造物主以外的神，他們怎麼可能去朝拜其他的神明？所以牧師們就算被點到名也沒到神社去。

於是像「那傢伙一定是間諜」，或是「那個人不愛國」的謠言接二連三地傳出，有人便偷偷向上級告發。現在是和平的時代，各位可能覺得「告密」這事與我無關，但是當時的市民大會可不是好惹的。只要表達出一點點兒不願意，馬上會被冠上「非國民」的稱號，像「告密」這種事更是家常便飯。

當時有很多牧師與共產主義者死在獄中。像作家兼共產黨員的小林多喜二先生也被拷打致死，但在紀錄上卻被竄改成心臟痲痺之類的死因。

言論與信仰的自由

「那麼，只要不是基督徒，就可以安心了。」有些教外人士或許會這樣認為。其實並不然，沒有人知道接下來會發生什麼事。

戰爭期間，曾經有位非信徒的北海道大學生到根室旅行，旅途中偶然聽人提起「在根室機場就屬中士最大」之類的話。他回去後只不過將所見所聞告訴自己在北海道大學的英文老師，卻因此被逮捕，甚至連聽了那句話的老師與師母都也一併被逮捕。那個學生所說的不過是「在根室機場就屬中士最大」；話中提到的那座根室機場曾經當過飛行家林白的中途補給站，因此在各報章雜誌上還算小有名氣。此外，在飛機「日本號」經過時，花開港的小學生們還在機場排出文字來歡迎，當時的照片也被大幅刊載，因此大家對根室機場一定有印象。

話雖如此，抓人的人卻有他們自己的一套說詞：「就算人人都知道這件事，只要將國家視爲機密的事洩漏出去的人，就算是間諜。」這眞是毫無道理的說法。大家都知道千歲市有座機場，但是只要說出「千歲的機場如何如何……」的人就會變成賣國賊，沒有一個人可以倖免。更何況，大家眞的不知道那是國家機密，倘若早知是機密，哪還會有人敢隨便說出口？就是因爲不知道，才會不小心說出來。

叫人困擾的是，某事一旦被國家認定爲機密，便永遠成了國家機密，那可眞是不得了！一不小心隨口說出「啊！那裡好像要蓋什麼東西耶！」、「喔！那裡要蓋的應該是核能處理廠之類的建築物吧！」就算所說的是事實，只因爲將它說出口，就得坐牢。

將來《國家機密法案》一旦被通過，我們極可能再度陷入上述的境界。剛剛提到的小學生，與北海道大學青年的事件，不正對著我們發出最大的警告嗎？如果眞到了那樣的時代，一定不會有人說：「不要緊，我是基督徒，就算被抓走，我也會勇敢地挺身回答。」在我們被迫必須與平常相交的人到神社去參拜的時代，這樣的事情曾經存在過。「今天輪到你了！」如今只要被點到名可能就說不出：「我是基督徒，所以不去。」像那樣的時代究竟會不會再度來臨？今後將發生的事我們永遠無法預測。可是請大家想想，《國家機密法案》一旦通過，我們的世界將會變成怎麼樣的一個狀態？傳播媒體與寫作的人都因此心生恐懼，因爲言論與思想的自由將會隨之消失。我們眞的應該好好地正視這件事。

幸福的條件

信仰基督的信徒想法跟別人眞的不太一樣。如果有人問你：「幸福的必要條件爲何？」說實話，在諸位腦海中浮現的是什麼樣的東西呢？請舉出能讓自己幸福的五項條件吧！當我們提到自身的幸福時，心中首先浮現的是什麼？應該是金錢、地位、健康、聰明、好工作……吧！因爲做母親的不總是拚命讓孩子上補習班嗎？不好好用功，就不能上好學校，不上好學校就進不了好公司……。爲了孩子的幸福，母親不總是這樣期望的嗎？她們想必認爲那是對孩子最好的選擇。

那麼，《聖經》上又怎麼說呢？如果我們翻開《馬太福音》第五章，就會看見以下的句子：首先被提起的是「**神貧的人是有福的**」。現在，就讓我們來想想這個「神貧」。

從前有個年輕人前去拜訪一位高僧，問道：「請教我關於人生的道理。」高僧說：「拿茶來把這個杯子倒滿。」年輕人於是照辦，將杯子裝得不能再滿。高僧又說：「好，現在我要你往杯裡繼續倒茶。」年輕人回答：「這辦不到。」「正是如此。」高僧說：「從你現在的態度看來，口中雖說要向我請教人生的道理，但你的內心卻早已是滿滿的了，根本沒有讓我往裡面倒茶的空間。」說完，高僧便將年輕人趕回去了。

爲了聽他人所說的話，而將自己心靈淨空的人，就是神貧的人。裝得滿滿的人，絕對稱不上「神貧」。總而言之，神貧的人是有福的。緊接著是「哀慟的人是有福的」、「溫良的人是有福的」、「飢渴慕義的人是有福的」、「憐憫人的人是有福的」、「締造和平的人是有福的」……等句子。

我眞的覺得耶穌基督實在太偉大了，他是眞正的天父之子。讀《聖經》的幸福感不就在此？因爲就算我們人生來既沒錢、又不健康，頭腦也不好，神在造人時還是給了我們活出幸福的能力。

大家不覺得，神將幸福的條件平等地分給了每一個人嗎？讓我再重複一次：「神貧的人是有福的」，並不會「沒錢就萬事休矣」。「哀慟的人是有福的」、「溫良的人是有福的」、「飢渴慕義的人是有福的」、「憐憫人的人是有福的」、「締造和平的人是有福的」。這些條件不也告訴我們，人畢竟沒有被造得那樣俗氣嗎？

永遠不放棄自己

已故的水野源三先生在十一歲時發高燒，從此手、腳、口均失去正常功能。剛開始他十分想死，可是就算這個世界對他而言太過辛苦，他連從口中說出「我想死」這句話都辦不到，也沒辦法用手將心情寫下來。

然而，在那樣的生活中出現了一位引導者，帶領著水野先生成爲基督徒。自從領洗後，他開始創作短歌、俳句和詩，累積的作品多達四冊。各位一定覺得相當奇怪，明明口不能言、手腳也動彈不得，那麼他究竟是用什麼方式來表達自己的內心呢？

我猜第一個想出辦法來的，一定是水野先生的母親吧！做母親的眞的很厲害，母愛也實在是太偉大了。他的母親讓水野先生看著日文的五十音，如果兒子想講的是「い」字，當母親用手指到「あ」那一行時，他便眨一下眼睛。手指接著往下移，到了「い」字時他便眨兩下眼睛。於是母親便將「い」字記在紙上。

所以就算只是想說句「謝謝」（ありがとう），母親首先得專心注意兒子在每一行的第一個字「あかさたなはまやらわ」上有沒有眨眼睛，如果在「ら」行眨了，還得繼續往下指：「らりる……」每指一字就要看一次。除此之外，將得到的字一個個寫下來也是大工程。就算這樣麻煩，水野先生還是想將自己的想法表達出來，眞是一件辛苦的大事。

假設水野源三先生心想：「自己心中就算有話想說也毫無用處，反正沒辦法向他人表達」，並因此終其一生給自己設限的話，那麼一切便已結束，生命就此走到終點。然而他並沒有絕望，《聖經》不是教人絕望的。

就這樣，短歌誕生了，俳句誕生了，詩也緊跟著誕生了。與榎本榮次老師同爲牧師的榎本保郎，是榎本榮次的哥哥，也是小說《驢駒老師物語》中的主人翁，是一位相當了不起的人。榎本榮次牧師很了不起，他的哥哥也很了不起。爲了將水野源三先生的詩歌公諸於世，四處安排出版事宜的，就是這位榎本保郎牧師。

不管我們做什麼事，往往容易流於自我判定：「已經不行了」、「我根本不可能辦到」。如果水野先生也那樣自我設限，並放棄表達的話，那些精彩的作品根本不會誕生。相反地，他努力創作了四、五本詩歌集，那些作品大大地振奮了人心，並賦予人們力量，給了我們這些眼、耳、口、手足健全的人不知多少的安慰與鼓勵。

盡我發言的義務

在水野先生還沒有相信神、依然想著要了結此生的時候，是沒辦法輕易說出「只要信了神，世界將會因此改變，你的生命也會整個明亮起來」這種話的。但是當我們祈禱，並全心相信神時，將會有不可思議的事情發生。表面上看來，他依然口不能言、手腳無法動彈，滿腦子的心思照舊寫不出來；然而信了基督後的水野先生改變了，開始思索不管如何都要將自己的想法表達給別人知道。就憑著這股想公告世人「耶穌的確相當偉大，他讓我死而復活」的動力，力量便如泉水般不停湧出，並以超乎想像的方式，完成了出版作品這項不可能的任務。這件事給了相當多人力量，我自己也是其中一人。

這一切全是神所賜予的，我認爲那堪稱奇蹟。曾經有一位讀了水野先生作品的人想前去拜訪，當他問及：「水野先生的家在哪兒？」時，鎮上的居民很親切地告訴他：「是那邊的那棟房子呀！」他道了謝正想離開時，卻聽到對方又補充了一句：「那位水野先生呀，可是我們這地方上的珍寶呢！」

諸位請注意：就算手腳動彈不得、就算嘴巴不能說話，還是足以成爲「我們這地方上的珍寶」。這豈不是神所顯示的大能？神不就一向用那樣的方法來救贖人嗎？

我自己也曾經得過各式各樣的病。在還沒有藥可以醫治肺病的時代得了肺病，簡直就像被宣告死刑，與現在被宣布得了癌症是一樣的。不僅肺病，後來還併發了脊椎慢性骨炎，讓我因此躺了十三年病床。在那段期間出現了一個人，告訴我：「我要與妳結婚」，並將力量給了陷於不知何時才能痊癒的我。他拚命地鼓勵我：「妳生來有妳的使命」，並在五年後與我結婚。那個人就是三浦。他是神所賜給我眞正美好的靈魂。在接受癌症手術後，本以爲自己已經好轉，三年後卻在同一個部位再度發現腫瘤。然而無論如何，神賜給我偌大喜悅與安慰的這個事實，是永遠不會消失的。

我常在演講的時候講「天國與地獄」這個故事。內容是我們有一個機會，可以窺見在天國與在地獄的房間。我們首先見到的是在地獄的房間，那是個相當華麗的地方，房間中央陳設了一張鋪了潔白桌巾的大桌子，上面擺滿了山珍海味，天花板上還垂吊著一盞豪華美麗的水晶燈。圍著餐桌而坐的人們，左臂被捆在椅子上，右臂上則被綁了一根又大又長的湯匙。雖然無數的珍饈佳餚就在眼前，一旦他們動手想吃，食物總會被那根長湯匙撥落到身後。在那裡的每個人都身形枯槁，臉上表情尖酸無比。那裡是地獄。

現在就讓我們來瞧瞧天國的情形吧！奇怪的是，當我們進了下一個房間，卻發現情況與地獄完全相同，人們的左臂被綁在椅子上，右臂依舊綁著過長的湯匙。唯一不同的是，這個房間裡的人都和和氣氣地輕聲交談著。原來他們雖然用長湯匙舀了食物，卻不是給自己，而是送到對面的人口中。

那景象正是人們將神所賜予的愛完全發揮的樣貌。我認為人類生來原本就被綑綁在什麼東西上，各位應該也是如此。雖然有些人自認為無拘無束，但其實生命中卻充滿了不自由。即使想著「啊！如果我是個男生就好啦！」卻一出生就被緊緊綑綁在「女性」的狀態下；而感嘆著「原本我以為自己可以嫁得更好」的人，也有可能與不那麼理想的對象結婚。此外，就算心想「真希望有個好頭腦」，神卻會依照個人所需，賜予我們合適的腦袋。

不僅如此，有人生來就只有一隻腳，沒辦法過自由的生活。一出生就眼盲的人，也是有的。我們人真的被種種限制束縛著。被公司綁著、被人情世故綁著……。即使我們被套牢在各式各樣的限制上，不管身體如何地無法動彈，神依然會將把地獄轉換成天國的手段，一併賜給我們。

我會把今天的講題命名為「現在，要追求些什麼？」就是希望各位都能將這個問題好好存放在心中。我真心告訴大家，為了能夠活得自由、活得美好，一個人需要更用心地深入思考這個問題。那位水野先生想要表達的東西，我們有將它表達出來的義務。這首歌是水野先生的最後遺作，他作了這樣一首詩：

生命中不可缺少的是什麼？

「幾度もありがとうと声に出して言いたしと思いきょうも日暮れぬ」
（一天就在好幾次想說出謝謝之時結束了）

這就是一位臥病在床，無法從自己口中說出任何一字一句的人所作的詩，實在是太偉大了。我們這些有能力說話的人，難道可以不將「謝謝」說出口，而默默過一生嗎？我再重複一次，我們有用自己的口將話講出來的義務，不是權利而是義務。請大膽地表達反對《國家機密法案》，大膽地宣告耶穌基督就是天父之子，相信基督的人更應該不以爲恥，並在人前大膽承認自己基督徒的身分。有太多該講出來的事，也有太多該寫出來的東西。希望大家都能眞心過著勇於追求眞理的每一天。

現在，要追求些什麼？我想就將這個問題送給大家，各自當作習題帶回家吧！

譯者後記

遇見三浦綾子

許書寧

當出版社告訴我，手上有三本三浦綾子女士的書想翻譯成中文，問我與日本繪本學校時代的好友劉瀞月有沒有興趣接手時，若要找出一個足以形容當時心情的詞彙，我想，應該就只有「喜出望外」這四個字。不過，興奮之餘，卻也開始害怕畏縮了起來，因為不知道自己有沒有接下如此重大任務的實力。

說來慚愧，這兩本書其實是我閱讀三浦女士作品的開端。在那之前，自己並沒有接觸過任何一本她的著作，對這位世界聞名作家的認知也有限得可憐（編者按，譯者的年紀應該是此一情況的關鍵因素）。我只知道三浦女士的作品《冰點》相當有名，但對它的瞭解也僅限於此，更別提這本小說的內容或是其他著作了。

對於三浦女士是基督徒這件事更是一無所知。於是，懷抱著忐忑不安的心情，我開始了三浦著作的翻譯工作。先從《三浦綾子：《新約》告訴我的故事》（編按，已於二〇一六年二月出版）開始，其次才是這本《生命中不可缺少的是什麼？》。瀞月擔任的是《三浦綾子：《舊約》告訴我的故事》（編按，已於二〇一五年十二月出版）的翻譯工作。

有一次，和從前教「繪本文」的金田老師見面時，提起自己即將開始翻譯三浦綾子著作的事情。老師聽到後的第一個反應即為：

「嗯……三浦綾子……她的寫作風格相當男性化，乾脆爽快，毫不拖泥帶水。可是對翻譯者而言應該不容易……。」

等到我真正開始了翻譯工作，才漸漸體會到金田老師口中所謂的「不容易」究竟是怎麼一回事。三浦女士是位熱情洋溢的作家，在她的措辭遣字中總滿溢著字裡行間幾乎容不下的炙熱情感。我可以想像，她所想表達的那份對基督之愛一定極大，大到手下的文字簡直跟不上心中想說的話。正如聖史若望*在《若望福

* 按編：「聖史」是對福音作者的尊稱，「若望」爲天主教譯名，基督新教稱爲「約翰」。

音》最後一章裡下的結語：「假使要一一寫出來，我想所要寫的書，連這世界也容不下。」因此，三浦女士的作品中，經常有許多省略或跳躍性的思考，叫我措手不及。

此外，在日文文法中，詞彙的排列方式與中、西文正好相反。舉例來說：「我去京都看歌舞伎」這句話，在日文裡就可能是依「我、京都、歌舞伎、看、去」的順序排列。像這樣將動詞擺在句子的尾端，應該可算是日文語法中的一大特點吧！說實話，那簡直就像生平第一次將自家住址翻譯成英文時，彷彿把整個世界顛倒過來般地彆扭。我想，初學日文的人一定可以體會那份左扭右轉的不適感。我在翻譯的時候，常常會先將所有詞彙一氣譯出，然後再按照語意刪減重組，有點像在玩拚圖：將一幅原本是日文的拚圖打散後，重新拚成中文。

然而，日文中最擾人的一點，還是在它那「不到最後一字，便無法理解全文」的妙處。不管句子拉拉雜雜地拖了多長，只要在最後的最後加上一個否定詞，整個句子的語意就天翻地覆。關於這種「狡詐的日文」，作家遠藤周作也曾在書中提過。遠藤先生是日本戰後第一批法國留學生，留法期間曾經做過口譯工作，而當時最叫他困擾的即為這點。他的客戶總是囉囉嗦嗦、聲東擊西地講了一大串，轉折連接詞用了一堆，卻不乾不脆地偏偏不將句子結尾。因此，遠藤先生實在也搞不清楚對方想說的究竟是「是」或「不是」。在西文中，動詞緊跟在主語後頭，若不清楚講者的「是、否」意圖，翻譯工作根本等於無法開始。那位日本客戶並不知道自己的曖昧語法給人帶來困擾，還吹鬍子瞪眼地氣憤「怎麼自己講了一大堆，遠藤這小子還不翻譯呢？」，實在教人感到冤枉。

另一個叫我苦惱萬分的表現手法，是三浦女士極愛使用的複數否定型。舉例來說，有一句短短的話，如果直接將它從日文一字不漏地翻譯，就會變成：「說不定並不見得不這樣想」……那反反覆覆的否定簡直將我一把推進五里迷霧中。在翻譯期間，可憐的外子修一就經常被我的這些問題打擾得不勝其煩。說實話，那樣的用法在日常生活中極為常見，我其實也早已習慣。可是，口語是一回事、閱讀是一回事、到了翻譯又是另外一回事。雖然說翻譯得忠於原文，但為了不讓讀者也跟著我在那裡「負負得正」了半天，因此像上述的句子我便直接翻譯為「說不定會這樣想」，希望大家見諒。

至於日文裡獨特的狀聲詞與一些微妙表現的翻譯，我就不在此嘮叨了。我想說的是，每種語言都有它獨特的感情與韻味，有些句子不但無法勉強翻譯，有時甚至連對等的詞彙都不存在。因此，我經常被逼著在天平兩端的「字譯」與「意譯」之間來來回回地取平衡。有時，既要「準確得一字不漏」又要「不失原意」是相當困難的。在那樣的情況下，我的翻譯便會較為偏向「取其意」。因此，如果您手邊正好有日文原書，真希望您不會拿著逐字比對然後感到困惑呢！像我這樣的譯文可能沒辦法成為標準的語言教科書吧……

先略過這些翻譯上的細節不提，多虧了這份工作，讓我徹頭徹尾地成了一個「三浦迷」。透過她的文字，我認識了這個美麗的靈魂；認識越深，想閱讀她其他作品的渴望就越漸加深。在工作期間，我幾乎借遍了大阪西淀川圖書館裡所有的「三浦綾子」。假設現在還像從前得在書底的「借閱卡」上填寫借書人姓名的話，

生命中不可缺少的是什麼？

圖書管理員一定會覺得奇怪，怎麼每本三浦作品的背後都有我的名字吧！此外，三浦女士在作品中提及的推薦書也大大地引起了我的好奇心。在本書中有一個講述「驢駒老師」故事的章節（本書第五章），提到了一本讓丈夫光世看得入迷、連妻子要作精密身體檢查的消息都無法驚動他的著作，書名叫《驢駒》（ちいろば）。綾子女士在閱讀之餘同樣深受感動，不但從此與自稱「驢駒」（馱耶穌的小驢子）的作者榎本牧師開啓了一段美妙的友情，還因此寫下一部名爲《驢駒老師物語》的長篇大作。

我一邊翻譯，一邊對那本書升起了無限的好奇，也正如三浦女士在文中所發出的警告：「最好先準備三條手帕再讀」，叫我在閱讀之後果眞感動得痛哭流涕。《驢駒》眞的是一本很棒的小小書，我衷心希望在不久的將來也能見到它的中文版問世，好讓台灣讀者也能分享那份熱情與感動。

就這樣，我以一個同爲「譯者」與「讀者」的身分，滿懷愛意地翻譯了這兩部三浦女士以全心全靈吶喊而出的作品。在翻譯期間，也曾因爲某個印刷上的錯誤，與北海道旭川「三浦綾子紀念文學館」的駐館學藝員小泉雅代女士有了聯繫。小泉女士表示館方相當高興且期待這次中文譯本的問世，並許諾會將出版品置於館內展示珍藏。「三浦綾子紀念文學館」的館長即爲與綾子女士互相扶持並分享生命的靈魂伴侶三浦光世先生，多年來不間斷地於文學館二樓的圖書室舉辦每月例行的「小小演講會」（編按：三浦先生已於二〇一四年安息）。那已成了我的下一個旅行目標，希望近期內能夠親訪文學館，並在《冰點》一書中扮演重要角色的外國樹種樣本林中盡情散步。

在書本即將出版之際，光是想到自己的名字將與三浦綾子女士出現在同一本書上，就已叫我感動得幾乎掉淚。謝謝出版社的信任與大方，將這無與倫比的大好機會白白給了我；也謝謝親愛的丈夫修一，毫無怨尤地做了我翻譯時堅強的日文後盾；謝謝妹妹鈞雅爲我細心保管龐大的檔案備份，更要感謝爸爸、媽媽、姊姊、公公、婆婆等家人們對我作品的支持與期待。除此之外，在此還要特別感謝在翻譯期間，對我所提出的種種疑問做了不厭其煩回答的中野正勝神父、木澤澄子修女與林思川神父。謝謝你們，我有滿腔的感謝無法說盡，僅希望能藉此和你們一起分享這份幾近滿溢的喜悅。

至於本書的內容，我想自己便不再錦上添花了。因爲身爲譯者的我不過是個開門人，眞正的寶物還是得等諸位親自去尋找品嚐。就請大家翻開書頁，走進三浦綾子那充滿光與愛的世界吧！唯有那樣才能算是眞正的閱讀，也唯有那樣才能產生作者與讀者眞正的交流……至少我是這麼想的。

編按：本文寫於《生命中不可缺少的是什麼？》繁體中文版首度於二〇〇八年出版時。

國家圖書館出版品預行編目（CIP）資料

生命中不可缺少的是什麼？ / 三浦綾子著 ; 許書寧譯 .
-- 初版 . -- 臺北市：星火文化， 2016.3
面 ; 公分 . --（Search ; 7）
譯自 : なくてならぬもの : 愛すること生きること
ISBN 978-986-92423-3-2（平裝）

861.67 105000617

Search 07

生命中不可缺少的是什麼？

作　　者　三浦綾子
譯　　者　許書寧
執行編輯　陳芳怡
封面設計　Neko
內頁排版　Neko
總 編 輯　徐仲秋
出 版 者　星火文化有限公司
地　　址　台北市衡陽路七號八樓
電　　話　（02）2331-9058
營運統籌　大是文化有限公司
業務經理　林裕安
業務專員　陳建昌
業務助理　馬絮盈 · 林芝縈
企畫編輯　林怡廷
讀者服務專線：（02）2375-7911 分機 122
24 小時讀者服務傳真：（02）2375-6999
香港發行　大雁（香港）出版基地 · 里人文化
香港荃灣橫龍街 78 號
正好工業大廈 25 樓 A 室
電話：（852）2419-2288
傳真：（852）2419-1887
E-mail：anyone@biznetvigator.com
印　　刷　韋懋實業有限公司

2016 年 3 月初版
Printed in Taiwan
I S B N　978-986-92423-3-2
定價／ 260 元
NAKUTE NARANU MONO – AISURU KOTO IKIRU KOTO
by Ayako MIURA

First published in 1997 in Japan by Kobunsha Co., Ltd.
Traditional Chinese translation rights arranged with Ayako Miura Memorial Foundation through Japan Foreign-Rights Centre/ Bardon-Chinese Media Agency